JAN STEINBACH

Das Café der kleinen Kostbarkeiten

rütten & loening

JAN STEINBACH, geboren 1973, ist das Pseudonym eines erfolgreichen deutschen Schriftstellers, der bei einer Reise an die Ostsee seine Leidenschaft für Lübeck und Travemünde entdeckte. Inspiriert von Marzipan und Weihnachtszauber entstand die Idee für diese weihnachtliche Liebesgeschichte.

Bei Rütten & Loening erschien zuletzt sein Roman »Willems letzte Reise«.

JAN STEINBACH

Das *Café* der kleinen *Kostbarkeiten*

Roman

rütten & loening

MIX
Papier aus verantwortungsvollen Quellen
FSC® C014496

ISBN 978-3-352-00919-8

Rütten & Loening ist eine Marke der Aufbau Verlag GmbH & Co. KG

2. Auflage 2018

Einbandgestaltung und Motiv www.buerosued.de, München
Gesetzt aus der Whitman durch Greiner & Reichel, Köln
Druck und Binden GGP Media GmbH, Pößneck
Printed in Germany

www.aufbau-verlag.de

Kapitel eins

Hinter den Fenstern des Einfamilienhauses blieb alles unbewegt. Keiner hatte sie entdeckt. Luise umklammerte ihren Stapel Vorratsdosen und warf die Tür des Taxis hinter sich zu. Der Taxifahrer hupte gutgelaunt und fuhr mit quietschenden Reifen davon. Der Mann mit dem Schnauzer und der Halbglatze hatte die ganze Fahrt über geredet, über das Wetter, die schlechtgelaunten Fahrgäste in der Vorweihnachtszeit, über Straßen, die nicht repariert würden, und was von der Stadtverwaltung im Allgemeinen zu halten sei, und nicht im Geringsten bemerkt, wie unruhig und abwesend Luise war. Zögernd wandte sie sich nun zum Haus, voller Angst vor dem, was nun kommen würde. Eine einsame Schneeflocke tanzte vor ihrer Nase, wirbelte eine Weile durch die feuchtkalte Luft und landete auf dem Bürgersteig, wo sie augenblicklich schmolz und Teil eines schmutzigen Rinnsals wurde, das sich auf einen Gully zubewegte.

Luise ärgerte sich über sich selbst. Sie hatte das Gefühl, für diese Sache ihren ganzen Mut zusammennehmen zu müssen, wie ein Kind, das sich gegen seine

Eltern durchsetzen wollte. Dabei war doch das Gegenteil der Fall. Man sollte denken, mit ihren fünfundsechzig Jahren wäre sie alt genug, um nur sich selbst und sonst keinem mehr Rechenschaft geben zu müssen. Trotzdem fiel es ihr nicht leicht, die Klingel zu drücken. Sie wollte sich in Erinnerung rufen, weshalb sie dies tat. Oder besser, für wen. Sich sein Lächeln vor Augen halten. Das würde ihr Unbehagen mildern.

Ein tiefer Gong schallte durchs Haus. Kurz darauf stand ihre Schwiegertochter Dagmar in der Tür. Sie wirkte abgekämpft, wie so oft. Die Haare hatte sie zum Pferdeschwanz gebunden, die Ärmel der Bluse waren hochgekrempelt, und ein leicht verkniffener Zug lag auf ihrem Gesicht. Als wäre sie nicht zufrieden mit der Richtung, die ihr Leben eingeschlagen hatte, und hätte sich doch damit abgefunden, daran nichts mehr ändern zu können. Sie war erst Anfang vierzig, doch ihr Job als Ärztin im Krankenhaus, die beiden Kinder, die sie auf Trab hielten, und dazu noch die Arbeit im Haushalt, bei der ihr Ehemann, Luises Sohn, zu deren Schande nicht nennenswert half, ließen sie älter aussehen. Sie versuchte zu lächeln, als sie ihre Schwiegermutter sah. Es misslang ihr.

»Luise. Da bist du ja. Komm rein. Ist ja ein scheußliches Wetter. Soll ich dir die Dosen abnehmen?«

»Es geht schon. Das schaffe ich.«

Dagmar wandte sich zur Garderobe und schien ihre Schwiegermutter augenblicklich vergessen zu haben.

»Marie!«, rief sie ärgerlich. »Dein Schulranzen liegt hier immer noch. Wann willst du eigentlich deine Hausaufgaben machen? Du bist schon viel zu spät dran.« Und weil sie keine Antwort bekam, wurde sie lauter. »Marie!«

»Ja doch«, kam es genervt von oben. »Ich komme ja schon.«

»Komm rein, Luise. Du holst dir noch den Tod da draußen.«

Im Mantel folgte Luise ihrer Schwiegertochter, die mit großen Schritten durchs Haus marschierte. Es ging durch das weitläufige Wohnzimmer, das man auf dem Weg zu der offenen Küche zu durchqueren hatte. Maries jüngerer Bruder Lukas lag auf dem Sofa und spielte mit dem Handy. Er löste seinen Blick nur für eine Sekunde vom Display, um zu sehen, wer da gekommen war, dann forderte das Handy wieder seine ganze Konzentration ein. »Hi Oma«, murmelte er kurz, bevor er wieder abgetaucht war.

»Lukas!«, schimpfte Dagmar. »Die Füße vom Tisch! Wo sind wir denn hier?«

Er stöhnte, als wäre seine Mutter eine einzige Zumutung, dann ließ er die Beine vom Tisch rutschen wie ein Bergarbeiter, der nach zwölf Stunden harter Arbeit im Schacht zu keiner Bewegung mehr fähig war. Luise hielt sich weiterhin an ihren Blechdosen fest. Sie durfte nicht vergessen: Es war ihre Entscheidung. Es gab nichts, wofür sie sich entschuldigen musste.

»Sag Papa, dass Oma da ist. Jetzt mach schon. Er ist oben in seinem Arbeitszimmer.«

Wieder ein lautes Stöhnen. Zuerst sah es nicht so aus, als wollte Lukas gehorchen. Doch dann raffte er sich widerwillig auf und schleppte sich aus dem Raum.

Dagmar presste verärgert die Lippen aufeinander und marschierte weiter zur Küche.

»Leg doch erst mal ab, Luise. Kann ich dir den Mantel abnehmen? Möchtest du einen Kaffee?«

Luise trat in die Küche. Auf dem großen Tisch sah es aus wie auf einem Schlachtfeld. Ein Durcheinander aus zerrupften Tannenzweigen, Kerzenstumpen, verknoteten Bändern, Klebepistolen, Zangen, Kugeln, Tannenzapfen und Teppichmessern. Mittendrin ein halbfertiger Fensterkranz und ein begonnenes Weihnachtsgesteck. Es sah nicht so aus, als würde Dagmar hier bald Feierabend machen können. Dabei müsste sie morgen wieder früh ins Krankenhaus.

Luise hätte ihr ja geholfen, doch das ging Dagmar gegen die Ehre. Jede der Frauen hatte ihren eigenen Haushalt, für den sie verantwortlich war. Dabei sollte es auch bleiben. Luise stellte die schweren Dosen auf der Anrichte ab. Dann schälte sie sich aus ihrem Mantel.

»Ein Kaffee wäre großartig«, sagte sie. »Aber ohne Koffein bitte.«

»Sind das alles Weihnachtsplätzchen?«, fragte Dagmar mit Blick auf die Dosen. »Da bist du aber früh dran dieses Jahr. Die Kinder werden sich freuen.«

Nicht nur die Kinder, wusste Luise. Dagmar liebte ihre Kekse ebenfalls, auch wenn sie gern so tat, als wären es nur Lukas und Marie, für die Weihnachten ohne Omas Kekse nicht Weihnachten wäre. Das Backen war die einzige Sache, die sie Luise bereitwillig überließ, vermutlich weil Dagmar ihr auf diesem Gebiet ohnehin nicht das Wasser reichen konnte. Backen war Luises große Leidenschaft. Unmöglich, ebensolche Kostbarkeiten zustande zu bringen wie sie. Zumindest würde diese Herausforderung Dagmar mehr Zeit und Kraft kosten, als sie aufzubringen imstande war.

Sie stellte eine Tasse in ihren modernen Kaffeeautomaten und drückte eine Taste. Es surrte, und die schwarze Brühe floss. Luise wusste natürlich, dass diese Maschine unerhört teuer gewesen war. Trotzdem mochte sie ihren Kaffee am liebsten frisch aufgebrüht. Einen Wasserkocher und einen Porzellanfilter, mehr brauchte sie nicht.

»Jochen wird gleich da sein«, sagte Dagmar mit einem Räuspern, als wäre es ihr unangenehm, allein mit Luise zu sein. »Ich bin gespannt, was du uns so Wichtiges mitteilen willst.«

»Ach, so wichtig ist das gar nicht. Ich dachte nur, wo ich die Kekse schon fertig habe, könnte ich ja vorbeikommen. Ich habe sie dieses Jahr früher gebacken, weil …« Sie stockte.

Dagmar runzelte die Stirn. »Weil?«

Marie rettete sie aus der Situation. Sie platzte in die Küche und entdeckte sofort die Dosen auf der Anrichte. Aus dem gelangweilten Teenager wurde schlagartig ein begeistertes Kind.

»Sind das *Weihnachtsplätzchen*?«

»Sag deiner Oma erst mal guten Tag«, brummte Dagmar.

Marie legte ein entwaffnendes Lächeln auf und umarmte Luise stürmisch. Dann huschte sie zu den Dosen und lugte in die erstbeste hinein.

»Kokosmakronen! Wie geil, Oma! Und Sauerrahm-Kringel.«

»Marie, die sind für Weihnachten!«, schimpfte Dagmar, doch ihre Tochter ignorierte sie.

»Hast du auch Szekler-Kuchen gemacht?«

Das alte Rezept stammte von Luises Mutter aus Siebenbürgen, das mit der Flucht nach dem Krieg samt der Familie in Frankfurt gelandet war. Ein kleines Stück Siebenbürgener Weihnachten, das Luise mit Freude an die nächste Generation weitergab.

»Natürlich. Ich weiß doch, dass es deine Lieblingsplätzchen sind.«

Marie hüpfte freudig auf der Stelle und öffnete die nächste Dose.

»Marie! Lass die Dosen zu. Die sind für Weihnachten.«

»Ach komm schon, Mama. Nur einen.«

Lukas war ebenfalls in der Küche aufgetaucht. Die Unruhe um die Plätzchen hatte es geschafft, ihn von seinem Handy wegzulocken.

»Omas Plätzchen? Cool.«

Auch er war sofort mit spitzen Fingern an den Dosen. Ehe Dagmar einschreiten konnte, tauchte jedoch Jochen in der Küche auf, und wie immer schaffte er es allein durch seine Präsenz, dass alle im Raum sich ihm zuwandten. Er war groß und bullig, und seine entschlossenen Bewegungen hatten etwas an sich, dass man sich ihm lieber nicht in den Weg stellen wollte. Auch wirkte sein Lächeln oft wie eine verhaltene Drohung, dass er jederzeit andere Saiten aufziehen könnte. Dabei war er im Grunde ein guter Junge, der das

Herz am rechten Fleck hatte, das wusste Luise. Trotzdem verstand sie, warum er in seiner Baufirma eher gefürchtet als respektiert war. Er hatte eben gelernt, sich durchzusetzen.

Jochen begrüßte sie, indem er ihr etwas ungelenk die Schulter tätschelte. Dann entdeckte er ebenfalls die Blechdosen und zog sich einen Spekulatius heraus. Ehe Dagmar protestieren konnte, hatte er schon ein großes Stück abgebissen. Blieben also nur die Kinder, mit denen es Dagmar aufnehmen konnte.

»Das reicht jetzt«, schimpfte sie. »Die restlichen Kekse sind für Weihnachten. Ihr geht auf eure Zimmer. Ab mit euch, macht schon.«

Murrend gehorchten sie. Jochen zog einen weiteren Spekulatius hervor und schob ihn sich ganz in den Mund, was in seiner Beiläufigkeit ein wenig maßlos wirkte.

»Ich hab leider nur kurz Zeit«, sagte er kauend. »Ich muss zurück an den Computer. Was gibt es denn so Wichtiges, Mutter?«

»Ach, es ist gar nicht so wichtig … Ich wollte nur mit euch reden … euch etwas mitteilen.«

Sie ärgerte sich darüber, wie ihr Herz zu klopfen begann.

»Es geht um Weihnachten«, begann sie.

»Was soll denn sein mit Weihnachten?« Jochen öffnete die Dose mit den Sauerrahm-Kringeln. Er griff beherzt zu. »Wir machen alles wie immer. Du kommst Heiligabend zu uns, und fertig.«

»Aber ich meine … also, was wäre denn, wenn ich andere Pläne hätte?«

»Andere Pläne? Was denn für Pläne?«

»Ich habe nachgedacht, Jochen. Ihr braucht mich doch eigentlich nicht. Es würde gar nicht auffallen, wenn ich Weihnachten nicht hier bin. So ist es, nicht wahr?«

»Jetzt hör aber auf. Wir haben doch darüber gesprochen. Du störst nicht. Ganz im Gegenteil. Wieso fängst du schon wieder damit an?«

»Wir freuen uns, wenn du bei uns bist«, stimmte Dagmar zu. »Für die Kinder ist es doch inzwischen ganz normal, dass ihre Oma Heiligabend da ist. Das kennen die gar nicht mehr anders.«

»So ist es. Du gehörst dazu, Mutter. Das weißt du hoffentlich.«

»Ja, natürlich weiß ich das.«

Seit fünf Jahren gehörte sie dazu. So lange feierte sie die Festtage schon im Haus ihres Sohnes. Seit Hubert gestorben war, ihr Ehemann. Fünf Jahre. Es kam ihr vor, als wäre er gerade noch da gewesen, und gleichzeitig fühlte es sich an, als wären sie schon seit einer Ewigkeit getrennt.

»Und ich bin euch sehr dankbar dafür. Nur … ich habe mir überlegt, dass ich dieses Jahr Weihnachten woanders feiern könnte. Einfach mal was anderes machen könnte.«

»Woanders?«, fragte Dagmar irritiert. »Aber … wo denn?«

»Das ist doch Quatsch. Du feierst bei uns. Was sind das auf einmal für komische Ideen?«

»Willst du etwa bei dir zu Hause sitzen? Ganz allein?«

»Nein. Ich will …« Sie räusperte sich. Sie durfte jetzt nicht nachgeben. »Ich will nach Lübeck fahren.«

Die beiden wirkten ziemlich verblüfft.

»Nach Lübeck? Was willst du denn in Lübeck?«

»Und dann noch Weihnachten? Was soll das?«

»Ich möchte es halt. Das Hotel ist schon gebucht. Am zweiten Weihnachtstag bin ich wieder zu Hause. Da holen wir unser Familienfest nach.«

Sie starrten Luise ungläubig an.

»Denkst du wirklich, du bist eine Last für uns? Du bleibst natürlich hier.« Jochen verschränkte die Arme. »Was ist denn in dich gefahren? Wir haben dich gern hier, das weißt du doch.«

»Es hat damit wirklich nichts zu tun, Jochen. Es ist nur … ich möchte das. Ich möchte nach Lübeck fahren.«

»Du kannst jederzeit in Urlaub fahren. Nach Lübeck oder sonst wohin. Aber doch nicht Weihnachten. Da feiern wir zusammen, als Familie. Wie sich das gehört.«

Sein Ton war so bestimmt, dass es schwerfiel, sich ihm entgegenzustellen. Selbst für sie, die doch seine Mutter war. Sie wusste natürlich, dass sie eine Mitschuld hieran trug. Nach Huberts Tod brauchte sie einen Sohn, der stark war und sich kümmerte. Sie wollte, dass Jochen den Part des Familienoberhaupts übernahm. Dass er alles regelte, Entscheidungen traf. Dass er tat, wozu sie nicht in der Lage gewesen war. Er hatte ihr lediglich den Gefallen getan, die Rolle anzunehmen, in der sie ihn brauchte.

»Ich habe es so entschieden, Jochen.«

»Dann machst du deine Entscheidung eben rückgängig. Wieso redest du denn über so was nicht vorher mit uns? Anstatt hier kurz vor Schluss aufzutauchen und uns vor vollendete Tatsachen zu stellen?«

Luise schwieg, hielt seinem Blick jedoch stand.

»Aber … willst du allein fahren?«, fragte Dagmar.

»Ich fahre zusammen mit Sophia. Meiner Freundin aus dem Kartenclub. Ihr kennt sie doch. Wir machen Urlaub. Lübeck soll wunderschön sein zur Weihnachtszeit.«

Es half nichts. In diesem Punkt musste sie lügen. Wenn sie auch noch zugeben würde, allein zu fahren, würde sie sich niemals gegen Jochen behaupten können.

Dagmar schüttelte den Kopf. »Und dann wollt ihr Heiligabend im Hotel rumsitzen?«

»Tut mir leid, Mutter. Aber das ist wirklich eine selten blöde Idee. Das Hotel lässt sich sicher stornieren. Du bleibst hier.«

Luise streckte den Rücken durch. Sie sah ihrem Sohn fest in die Augen.

»Ich fahre. Punkt.«

Er schwieg düster. So kannte er seine Mutter nicht.

»Wir haben das so entschieden«, schob sie hinterher. »Es war schön, dass ihr mich in den letzten Jahren aufgenommen habt, und dafür bin ich euch sehr dankbar. Doch dieses eine Mal mache ich eben was anderes. Und am zweiten Feiertag bin ich zurück, dann feiern wir zusammen.«

Weihnachten in Lübeck: Dieses Versprechen hatte sie Hubert gegeben. Vielmehr hatten sie es sich gegenseitig gegeben, als er noch gelebt hatte. Denn als sie vor Jahren auf dem Weg nach Hamburg zufällig in der kleinen Hansestadt gelandet waren und dort ganz unvermutet in den mittelalterlichen, weihnachtlich glitzernden Gassen zur Ruhe und sich selbst gefunden hatten, als frisch verliebtes Pärchen durch eine verzauberte Winterwelt geschlendert waren, da hatten sie sich geschworen: Hierher kehren wir eines Tages zurück, nur wir zwei, mit mehr Zeit, und dann feiern wir zusammen Weihnachten. Weihnachten in Lübeck. Doch in den Jahren danach war dieser Vorsatz immer wieder aufgeschoben worden. Ständig war etwas anderes dazwischengekommen, und sie hatten sich aufs nächste Jahr vertröstet. Bis dieser eine schwarze Tag alles geändert und es kein nächstes Jahr mehr für sie gegeben hatte.

Jedes Mal zur Weihnachtszeit erinnerte sich Luise an das Versprechen: Nur wir zwei, irgendwann machen wir das wahr. Nun war es so weit. Sie wollte fahren. Es gab keinen Grund mehr, die Reise aufzuschieben. Sie würde ihr Versprechen einlösen.

Lukas war in der Küche aufgetaucht. Sein Handy dudelte leise in seiner Hand. Er sah verwundert zu den Erwachsenen.

»Was ist los?«, fragte er unsicher.

»Nichts, mein Junge.« Luise strich ihm übers Haar. »Ich fahre nur in den Urlaub. An die Ostsee.«

»Echt? Wann denn?«

Sie wechselte einen Blick mit Jochen und Dagmar.

»Über Weihnachten«, sagte sie mit fester Stimme.

»Ist doch cool, Oma.«

Das war es. Es fühlte sich an, als hätte Lukas das letzte Wort gesprochen. Jochen und Dagmar schwiegen zähneknirschend. Lukas nutzte die Gelegenheit und stibitzte sich ein weiteres Plätzchen.

»Finde ich echt super, dass du mal Urlaub machst, Oma«, sagte er. »Abgefahren.«

Dann verschwand er mit seiner Beute aus der Küche. Luise spürte das schlechte Gewissen, als sie ihren Sohn schweigend und überrumpelt sah. Doch auf solche Schuldgefühle durfte sie keine Rücksicht nehmen. Sie hatte es geschafft.

»Dann sehen wir uns am zweiten Weihnachtstag?«, fragte sie versöhnlich.

Jochen verschränkte die Arme. »Wenn du es unbedingt so willst. Aber ich halte immer noch nichts von der Idee.«

»Mach es mir bitte nicht so schwer.«

»Ich sag schon nichts mehr. Ich muss sowieso zurück an den Schreibtisch. Soll ich dich schnell nach Hause bringen?«

»Das ist nicht nötig. Ich hab euch lange genug von der Arbeit abgehalten.«

Kurz darauf stand Luise wieder draußen im Schneeregen und wartete auf das Taxi. Sie spürte weder Kälte noch Wind. Ihr Herz hüpfte in der Brust, erleichtert, dass sie sich nicht hatte aufhalten lassen.

»Irgendwann, Lulu«, hatte Hubert stets gesagt. »Irgendwann ist es so weit. Fest versprochen.«

Unter ihrem Regenschirm musste Luise erleichtert auflachen. Sie hatte sich tatsächlich durchgesetzt. So schwer war es gar nicht gewesen.

»Jetzt, Hubert«, flüsterte sie in den nasskalten Wind. »Jetzt ist es so weit.« Sie drehte sich mit dem Schirm im Kreis und lachte wie ein Mädchen. »Wir fahren nach Lübeck. Ist das nicht wundervoll?«

Kapitel zwei

Fünf Jahre. Wirklich schwer, das zu glauben. Seit fünf Jahren lebte sie schon allein in dem großen Haus am Frankfurter Stadtrand. Manchmal hatte sie immer noch das Gefühl, Hubert wäre nur kurz draußen und käme gleich zurück. Oder er würde ihr aus seinem Hobbykeller zurufen, sie solle doch eine Tasse Kaffee für ihn mitkochen, wenn sie ohnehin Wasser aufsetze. Als wäre nur ein Wimpernschlag vergangen seit damals. Dann wieder kam es ihr vor, als wäre sie schon seit Ewigkeiten allein, das gemeinsame Leben mit Hubert nur noch eine blasse Erinnerung.

Dabei würde sie von sich nicht einmal behaupten, einsam zu sein. Da waren schließlich der Kartenclub, der Lesezirkel, ihre Freundin Sophia und natürlich die Familie. Und das Backen. Auf einer Rezeptseite im Internet war sie so etwas wie eine kleine Berühmtheit. Eine Menge Leute probierten ihre Rezepte aus und schrieben ihr in den Foren. Es gab zwei junge Bloggerinnen, die Luise überreden wollten, ihren eigenen Blog aufzumachen, eine Art eigene Internetseite für ihre Rezepte. Zwar fand Luise sich deutlich zu alt für so was, doch war es schön, sich mit jungen Leuten auszutauschen, die sie sonst niemals kennengelernt hätte. So gesehen war sie nicht einsam; nicht, wenn man von außen auf ihr Leben blickte.

Innerlich fühlte es sich anders an. Am schlimmsten waren die Morgenstunden. Das Aufwachen im leeren Bett, die Morgentoilette, bei der trotz plärrendem Radio das Bad still und verwaist wirkte, und schließlich der erste Kaffee, den sie in der Küche trank, mit Blick in den Garten, wo hinter der Fensterscheibe langsam die Jahreszeiten wechselten. Und keiner war da, der sie fragte, ob sie rasch die Butter reichen oder das Fenster öffnen könne, um frische Luft reinzulassen. Sie hörte nur das Ticken der Wanduhr und ihr eigenes Schlucken. Daran würde sie sich auch in hundert Jahren nicht gewöhnen können.

Dabei war Hubert wie sie ein Morgenmuffel gewesen. Morgens in der Früh hatten sie kaum miteinander geredet. Hubert hatte Kaffee gekocht, Luise den Tisch gedeckt, danach hatte er schweigend sein Vollkornbrötchen gegessen, während sie kaffeetrinkend in die Zeitung vertieft gewesen war. Erst wenn das Frühstück beendet war, hatte sich Hubert irgendwann gereckt und gefragt: »Und, Lulu? Was steht heute an?« Und sie hatten angefangen zu reden.

Wer hätte damals gedacht, dass ihr dieses gemeinsame Schweigen am Morgen am schmerzlichsten fehlen würde?

Draußen zog die winterliche Morgendämmerung herauf, die Sonne färbte den Horizont blutrot. Im Zwielicht war eine hauchdünne, verletzliche Schneeschicht auf dem Rasen zu sehen. Luise nippte an der dampfenden Kaffeetasse. Ein neuer Tag. Wieder einer ohne Hubert. So wie alle Tage, die ihr noch bevorstanden.

Die Türklingel riss sie aus ihren Gedanken. Im ersten Moment glaubte sie, er wäre es. Was natürlich Unsinn war. Sie hatte sich wieder in ihren Gedanken verloren. Eilig stand sie auf und ging zur Tür. Es war der Postbote, mit einem Paket für die Nachbarn.

»Auf den Straßen ist es ziemlich glatt heute Morgen«, teilte er Luise mit, während sie gegenzeichnete.

Bedauernd erwiderte sie: »Aber der Schnee bleibt nicht liegen. Dafür ist es zu warm.« Sie mochte es, wenn die Welt wie mit Puderzucker bedeckt war. »Es soll Regen geben. Heute Mittag wird alles weggeschmolzen sein.«

»Wollen wir's hoffen. Schönen Tag noch.«

Der Postbote schwang sich in seinen Wagen und fuhr davon. Luise sog die klare frostige Luft ein. Sie betrachtete den Winterjasmin, der an einem Gitter an der Hauswand hochrankte. Hubert hatte ihn gepflanzt, es war seine Lieblingspflanze. Es gab keine Stelle am Haus oder im Garten, die sie nicht an ihn erinnerte. Hubert hatte es geliebt, wenn der Jasmin schon im Januar oder Februar den Frühling ankündigte. Wenn die Kraft der kleinen gelben Blüten sich gegen die karge, leblose Natur behauptete. Besonders wenn Schnee auf den Blüten lag, liebte er diesen Anblick des aufkeimenden Lebens.

Sie strich über einen knorrigen Ast. Lange würde es der Jasmin nicht mehr machen. Er war alt und morsch geworden. Schon im letzten Winter hatte er nicht mehr geblüht. Womöglich würde er in diesem Jahr endgültig absterben. Ob sie es übers Herz brächte, ihn dann aus der Erde zu reißen? Sie wandte sich ab und trat mit dem Paket in der Hand ins warme Haus.

Hinterm Küchenfenster wurde es langsam heller, das schwache Licht der Dämmerung verlor seinen unwirklichen Schein, und am Horizont tauchte die Sonne auf. Luise blickte sich in der stillen Küche um. Und, Lulu? Was steht heute an?

Die Koffer waren längst gepackt. Viel zu früh. Auch sonst waren alle Vorbereitungen getroffen. Sie hatte noch viel Zeit, bevor der Zug heute Mittag fahren würde. Das Paket würde sie in einer Stunde zu den Nachbarn bringen, dann wäre sicher jemand zu Hause. Doch bis dahin war nichts mehr zu tun.

Wie immer, wenn sie nichts mit sich anzufangen wusste, begann sie zu backen. Sie holte Butter aus dem Kühlschrank, um sie auf Zimmertemperatur anzuwärmen. Stellte Mehl, Zucker, Eier und Haselnüsse auf den Tisch. Ein paar weihnachtliche Tartelettes, die ließen sich bestimmt noch verschenken. Hauptsache, sie geriet nicht ins Grübeln. Beim Backen konnte sie die Zeit vergessen. Alle Gedanken aus dem Kopf entschwinden lassen. Sogar die Einsamkeit während der Dämmerung an so einem Wintermorgen ließ sich damit in den Hintergrund drängen.

Bald duftete es in der Küche nach Zimt, Ingwer und Koriander. Dazu mischte sich das Aroma der Backschokolade, die sie über dem Wasserdampf schmelzen ließ. Die Wärme aus dem Ofen ließ die Fensterscheiben beschlagen, und Luise vergaß nach einer Weile sogar die Aufregung, die sie wegen der anstehenden Reise verspürte.

Sie war gerade mit dem Abwasch fertig (die Tartelettes standen am Fenster zum Abkühlen), da schreckte lautes Autohupen sie auf. Sie ging zur Haustür. Die Morgensonne hatte den Schnee längst schmelzen lassen. Im Vorgarten glitzerten Sonnenstrahlen zwischen den kahlen Zweigen. Vom angekündigten Regen war noch nichts zu sehen. Nur ein paar dichte Wolken, die am Horizont aufzogen.

Ein roter Flitzer bremste mit quietschenden Reifen vor ihrem Haus ab und sprang mit einem ungelenken Satz auf den Bürgersteig. Das Bodenblech ratschte über den Bordstein, dann soff der Motor ab. Das Fenster fuhr herab, und aus dem Innern drang in unfassbarer Lautstärke der alte Disco-Hit *Love Is In The Air*. Ihre Freundin Sophia.

»Luise!«, flötete die. »Da bin ich. Pünktlich auf die Minute.«

Sie zog den Schlüssel ab, und die Musik verstummte. Die missliche Parksituation schien sie nicht weiter zu stören, wie üblich. Die meisten Leute weigerten sich, zu Sophia ins Auto zu steigen. Alle gemeinsamen Freunde, ihre Familie sowieso. Luise sagte sich jedoch immer, dass Sophia über fünfzig Jahre unfallfrei gefahren war. Was sollte also schon passieren, außer dass es etwas holprig werden konnte? Aber vielleicht lag das auch daran, dass Luise keinen Führerschein hatte und wenig übers Autofahren wusste. Sophia setzte ihre hochhackigen Schuhe divenhaft auf den

Asphalt, stemmte sich anmutig aus dem Sitz und warf mit einem eleganten Hüftschwung die Autotür ins Schloss. Auch mit achtundsechzig Jahren sah sie noch toll aus. Ein enganliegendes Kostüm, das ihre schlanke Figur unterstrich, kirschroter Lippenstift und ein silberner Bubikopf.

»Ich hoffe, du hast schon gepackt, Luise. Wir sind zwar früh dran, aber der Verkehr in der Stadt ist die Hölle.«

»Alles fertig. Ich habe dir noch schnell ein paar Tartelettes gemacht. Mit Schokofüllung.«

Zwar aß Sophia nicht wirklich, was Luise backte. Eher stach sie mit der Kuchengabel darin herum und schob Kuchenstücke von einem Tellerrand zum anderen, um nur ab und zu mal ein paar Krümel zu picken. Trotzdem wusste sie zu schätzen, wenn für sie gebacken wurde. Und den Rest verputzte mit Freuden ihre Familie.

»Ach, du bist ein Engel«, flötete sie und gab ihr affektiert Wangenküsschen.

Wer sie nicht richtig kannte, würde kaum glauben, was für eine treue, gewissenhafte Freundin sie war. Nach Huberts Tod war sie da gewesen, eine der wenigen. Sie war beharrlich an ihrer Seite geblieben, bis Luise endlich Schritt für Schritt aus ihrem Schneckenhaus herausgekommen war. Das hatte ihr sicherlich mehr abverlangt, als sie sich hatte anmerken lassen.

»Warst du gestern bei Jochen und Dagmar? Hast du es ihnen gesagt?«

»Ich habe die Katze aus dem Sack gelassen.«

»Und? Wie haben sie reagiert?«

»Begeistert waren sie nicht. Aber es ist meine Entscheidung. Damit müssen sie klarkommen.«

»Sie lassen dich Weihnachten tatsächlich allein feiern?«

»Nun ja …« Luise wurde verlegen. »Ich bin nicht ganz allein. Offiziell jedenfalls nicht. Da bist du bei mir.«

»Du hast sie angelogen!«, rief Sophia begeistert. »Wer hätte das gedacht? Unsere Luise führt ihre Familie hinters Licht.«

»Komm schon rein, Sophia. Das muss nicht die ganze Nachbarschaft hören. Ich mache uns einen schönen Kaffee.«

Sophia hakte sich bei ihrer Freundin ein und zwinkerte ihr zu. »Meine Intrigen spinnende Freundin … Ich wusste doch, dass du es noch draufhast.«

Kaum saßen sie im Wohnzimmer zusammen, kam Sophia auf das Tanz-Event zu sprechen, das sie am Vorabend besucht hatte. Seit einigen Wochen waren diese Partys das vorherrschende Thema bei ihnen. Eine Seniorenveranstaltung in der Stadt, zu der sie Luise schon mehrmals hatte mitnehmen wollen. Eine Mischung aus Disco und Kaffeeklatsch mit Singlebörse. Sophia fand, auch Luise müsse mal wieder ausgehen und Männern entgegentreten. Das sei längst überfällig.

»Das tut einem gut, Luise. Tanzen, lachen, die Komplimente netter Männer genießen … Du musst mal raus. Beim nächsten Mal kommst du mit, das musst du mir versprechen.«

»Ich weiß nicht, ob das für mich das Richtige ist. Ich glaube, ich fühle mich ein bisschen zu alt dafür.«

»Zu alt!« Sophia lachte. »Du bist drei Jahre jünger als ich. Und du sollst dich ja auch nicht dem Erstbesten an den Hals werfen. Nur ein bisschen Spaß haben. Komm schon. Wer weiß denn, wie lange wir gesund bleiben? Da müssen wir das Leben doch genießen, findest du nicht?«

Das Leben genießen. Wenn das so einfach wäre, ohne Hubert.

»Einige der Herren da suchen natürlich nur eine Haushälterin oder eine Pflegekraft«, plauderte Sophia. »Aber das hat man schnell raus. Und du musst ja nicht gleich bei einem einziehen. Du weißt, ich sag immer: besser ambulant als stationär. Man kann auch zusammen sein, ohne dass man die eigene Wohnung aufgibt.«

Luise betrachtete ihre Hände. Mit jemandem zusammen sein. So weit war sie noch lange nicht. Doch sie wusste, was Hubert gesagt hätte. Komm schon, Lulu, guck es dir wenigstens mal an. Er hätte nicht gewollt, dass sie allein bleibt. Hubert hätte das gehasst. Und Sophia wusste das natürlich.

»Hubert würde es dir nicht übelnehmen, wenn du weiterlebst«, sagte sie. »Im Gegenteil. Er würde es dir übelnehmen, wie du dich in deiner Einsamkeit einrichtest. Er hätte gewollt, dass du glücklich bist.«

Luise ließ den Blick auf ihren Händen ruhen.

»Ich will ihn nicht vergessen. Er … manchmal habe ich das Gefühl, er ist immer noch hier. Verstehst du?«

»Du sollst ihn doch nicht vergessen. Als wenn das möglich wäre.«

»Ich brauche halt Zeit.«

»Das ist ja richtig. Trotzdem. Komm einfach mal mit. Ich bin deine Anstandsdame. Außerdem brauchen wir eh keine Männer zum Tanzen, das können wir auch allein. Wir machen uns einfach einen schönen Abend. Was meinst du?«

»Mal sehen. Vielleicht hast du recht.«

In der Diele ertönte der Gong der Wanduhr. Luise blickte auf die Digitalanzeige an ihrem Herd. Es war zwölf Uhr.

»Du liebe Zeit, wir müssen los. Sonst verpasse ich meinen Zug.«

Eilig brachen sie auf und verstauten das Gepäck in Sophias rotem Flitzer. Der Himmel hatte sich zwischenzeitlich zugezogen. Sophia ließ den Motor aufheulen und rumpelte vom Bordstein herunter. Sie stieß die Beifahrertür auf.

»Steig schon ein. Worauf wartest du?«

Luise dachte an all ihre Bekannten, die niemals zu Sophia ins Auto steigen würden. Mit einem Lächeln nahm sie unbekümmert Platz und legte den Sicherheitsgurt an.

»Schaffen wir es noch rechtzeitig bis zum Bahnhof? Wir haben die ganze Zeit verplaudert.«

»Lass mich nur machen«, sagte Sophia und trat schon aufs Gas. Wieder wurde Luise kräftig durchgeschüttelt, es wurde während der Fahrt gehupt und geschimpft, doch Schlimmeres geschah auch dieses Mal nicht.

Vor dem Bahnhof jagte Sophia über eine rote Ampel (»Glaub mir, die war noch grün«), bremste scharf am Taxistand und fuhr auf den Bürgersteig (»Ich halte einfach mal schnell hier«), stupste mit dem Stoßdämpfer einen Blumenkübel an (»Das macht dem nichts«) und ließ den Motor erneut absaufen.

»Können wir hier stehen bleiben?«, fragte Luise unsicher. »Das ist doch Halteverbot, oder nicht?«

»Siehst du irgendwo Polizei? Komm schon, beeil dich.«

Sophia sprang aus dem Wagen und holte Luises Gepäck aus dem Kofferraum. Nieselregen setzte ein. Luise sah sich im trüben Dezemberlicht um. Menschen hasteten über den Bahnhofsvorplatz, das dumpfe Rauschen des Verkehrs wurde durch den Regen und die nassen Straßen verstärkt. Es war überhaupt kein Reisewetter. Und von Weihnachtsstimmung brauchte man erst recht nicht anzufangen.

Sie spürte plötzlich Beklommenheit. Was, wenn es doch keine so gute Idee war, diese ganze Reise? Wenn sie sich einsam fühlen würde, ganz allein da oben an der Ostsee? Was, wenn es nicht schön, sondern ganz furchtbar werden würde?

Sophia stellte den Koffer ab. Sie bemerkte Luises Stimmungswandel. Die Hektik fiel augenblicklich von ihr ab.

»Bist du dir sicher, dass du das Richtige tust?«

»Ja. Ich denke schon.«

»Wenn du Angst davor hast, Weihnachten allein zu sein …«

Der Regen verstärkte sich. Einzelne Schneeflocken mischten sich darunter. Ein kalter Wind kam auf.

»Nein. Es wird sicher schön werden. Ich freue mich.«

»Pass auf, Luise. Wenn du möchtest, lasse ich alles stehen und liegen und komme zu dir. Fest versprochen.«

Sie sagte das mit solcher Überzeugung, dass Luise lachen musste.

»Luise Aichmüller. Das ist mein Ernst. Wenn du dich einsam fühlst, sag Bescheid. Dann komme ich sofort.« Sie nahm Luises Hand in die ihre. »Versprichst du mir das? Dass du es mir dann sagst? Es sind ja nur ein paar Stunden über die Autobahn bis nach Lübeck.«

»Ich verspreche es. Und – danke, Sophia.«

»Gut. Dann komm jetzt. Es sei denn, du willst nach Lübeck trampen.«

Sie nahm den schweren Koffer ihrer Freundin und steuerte resolut das Bahnhofsportal an. Luise war froh, eine Freundin wie Sophia zu haben. Der Augenblick der Schwere war verflogen. Lübeck. Nun ging es also los.

Kapitel drei

Ein Duft von Zimt und Vanille, der sich mit dem Aroma von Ganache und frisch gebackenem Biskuitboden mischte, erfüllte die Backküche im Hinterzimmer des schmalen Barockgebäudes. Die Küche war kaum mehr als zehn Quadratmeter groß, weshalb es hier selbst im Winter meist tropisch warm war und das hohe Sprossenfenster im gemauerten Rundbogen beim Backen immer ein wenig offen stand. Das Fenster führte zu einer gepflasterten Gasse, in der das gegenüberliegende Backsteinhaus so nah war, dass man meinte, es mit ausgestrecktem Arm erreichen zu können. Wenn Ludwig backte, roch es in der ganzen Umgebung nach seinen Kreationen. Kaum vorstellbar, wie das früher gewesen sein musste, als noch Gerber und Bierbrauer und weiß der Himmel wer sonst alles dicht gedrängt ihrem Handwerk nachgingen und von einer Kanalisation sowieso noch keine Rede gewesen sein konnte. Gut, dass es heute nur noch Ludwig Johannsen war, der hier seine Waren produzierte. Karamell und Honig und Anis belästigten wohl kaum jemanden.

Er schob das Blech mit dem Zimtboden, den er bei seinen Pflaumenmustörtchen verarbeiten wollte, in den Herd, dann wischte er sich die Hände am Geschirrtuch ab, massierte sich die Nasenwurzel und gähnte langgezogen. Er hatte sich eine Pause verdient. Eine Tasse Kaffee und ein kurzer Schnack mit seinem Freund Wolfgang, der vorn am Tresen hockte und das Geschehen auf der Straße beobachtete. Danach würde er weitermachen. Er öffnete den Kühlschrank, holte die fertigen Schokomousse-Törtchen, die er heute Morgen gebacken hatte, heraus und trug sie nach vorn in sein Ladenlokal.

In seinem ersten Leben, bevor er das Café aufgemacht hatte, waren er und Wolfgang Sachbearbeiter bei einer Lübecker Versicherung gewesen. Seit Wolfgang im Ruhestand war, verbrachte er seine Vormittage meist in Ludwigs kleinem Café, und das mit der gleichen Selbstverständlichkeit, mit der er früher zusammen mit ihm in der Schadensabteilung über den Akten gehockt hatte. Als wären sie ein altes Ehepaar.

Gemütlich hockte er da und beobachtete, wie die uralte Frau Petersen im Haus gegenüber das große Fenster ihres getünchten Hauses in aller Seelenruhe mit Tannenzweigen und einer Lichterkette dekorierte. Sie war reichlich spät dran in diesem Jahr. Der dritte Advent stand vor der Tür.

»Man soll es nicht glauben«, kommentierte Wolfgang trocken. »Es ist schon wieder Weihnachtszeit.«

»Du solltest ihr besser anbieten zu helfen, statt dumme Sprüche zu machen. Sie fällt noch von der Fensterbank.«

Ludwig stellte die Törtchen ab und hantierte an seiner großen Kaffeemaschine herum, dem Stolz eines jeden Barista. Er machte sich einen heißen, duftenden Espresso und gönnte es sich, kurz auf einem Barhocker Platz zu nehmen. In seinen Beinen flammte augenblicklich der Schmerz auf, sein Kreislauf sackte für einen Moment weg. Das Weihnachtsgeschäft zehrte an ihm. Er war eben keine vierzig mehr, seine Kräfte ließen nach. Wie jedes Jahr hatte er neben der Arbeit im Café einen Stand auf dem Weihnachtsmarkt, auf dem er handgemachtes, traditionelles Weihnachtsgebäck verkaufte. Viel Geld kam nicht dabei herum, dafür bescherte ihm der Stand eine Menge zusätzlicher Arbeit. Aber das war schon in Ordnung so, schließlich liebte er sein Handwerk. Und er wollte nicht über Zipperlein jammern, die das Alter eben mit sich brachte.

»Jetzt kommen die Touristen in die Stadt«, meinte Wolfgang. »Es werden jeden Tag mehr.«

Ludwig wusste schon, was er damit andeuten wollte. Er hatte jedoch keine Lust auf weitere Diskussionen. Er wollte sich lieber aufs Backen konzentrieren, solange das noch ging. An der restlichen Situation konnte er ohnehin nichts ändern.

»Es sind doch immer Touristen da«, sagte er ausweichend. »Das ganze Jahr über.«

»Aber nie so viele wie in der Vorweihnachtszeit.«

Zwischen seinen Zeilen schwang mit, dass es trotzdem wieder einmal leer war in Ludwigs Café. Die vier Tischchen, die in dem engen Gemäuer in der versteckt gelegenen Lübecker Seitengasse Platz fanden, waren unbesetzt. Touristen verirrten sich selten hierher.

»Es ist noch zu früh am Tag«, wandte Ludwig ein. »Um diese Uhrzeit ist nie jemand da. Heute Nachmittag wird es besser.«

»Vielleicht solltest du ein Schild machen. Oder Broschüren in der Touristeninformation auslegen. Woher soll denn einer wissen, dass hier dein Laden ist?«

»Ach Wolfgang. Das spielt eh keine Rolle mehr. Was soll das jetzt noch bringen?«

Wolfgang wollte widersprechen, doch Ludwig hatte genug von der ganzen Sache.

»Du musst mal die Schokomousse-Törtchen probieren. Ich glaube, die sind wirklich gut geworden. Greif zu. Ich will wissen, was du denkst.«

»Nicht heute.« Wolfgang strich sich demonstrativ über den mächtigen Bauch. »Mein Schwager und seine Frau kommen aus Kassel zu Besuch.«

»Und deswegen kannst du mein Törtchen nicht probieren?«

»Ich muss gleich ins Café Niederegger. Wir treffen uns da zum Lübecker-Nusstorte-Essen.«

Ludwig lachte. Nicht, dass das Café Niederegger nicht gemütlich wäre, ganz im Gegenteil. Und auch die Lübecker Nusstorte machten sie da wirklich gut. Aber es war nun mal nicht gerade das, was Lübecker an einem Samstagnachmittag unternahmen. In der Regel traf man dort ausschließlich Touristen.

»Du denkst sicher, das macht den Braten auch nicht mehr fett«, meinte Wolfgang. »Aber ich muss wirklich auf meine Figur achten. Das geht so nicht weiter.«

»Du spinnst. Wenn du bei Niederegger Nusstorte

essen kannst, dann kannst du auch meine Schokomousse-Törtchen probieren.«

»Also gut. Dann gib schon her. Aber nur ein kleines Stück.«

Ludwig reichte ihm den Teller mit den Törtchen. Wolfgang nahm vorsichtig eines herunter und biss hinein.

»Die sind mit Schokoladenmousse und Schokobiskuit.«

»Hhhmm!«, schwärmte er. »Das ist perfekt.«

Und Ludwig sah ihm an, dass er es genauso meinte. Ein stolzes Lächeln tauchte in seinem Gesicht auf.

»Wirklich, Ludwig. Großartig.« Nachdenklich betrachtete er das angebissene Törtchen in seiner Hand. »Eine Schande ist das.«

»Ach, hör schon auf.«

»Es ist doch ein Jammer, das musst du zugeben.«

Wolfgang war ziemlich hartnäckig heute. Aber Ludwig würde das Café schließen, daran war nichts mehr zu ändern. Sein Mietvertrag lief aus, und aus dem Haus sollte ein teures Hotel werden. Doch hatte er wenig Lust, über dieses Thema zu reden.

»Wir haben das tausendmal durchgekaut. Lass gut sein, Wolfgang.«

»Aber deinen Stand auf dem Weihnachtsmarkt, den wirst du auch im nächsten Jahr weitermachen, oder?«

Sein Freund bemerkte Ludwigs Zögern nicht.

»Natürlich mache ich den Stand weiter.«

»Dann musst du ja nicht alles aufgeben. Ein Glück.«

»Ja. Ein Glück.«

Aber das war alles nicht so einfach. Er würde eine Küche brauchen, die den Auflagen des Gesundheitsamts entsprach. Da würden eine Menge Kosten auf ihn zukommen. Es war den Aufwand nicht wert, nicht für den Weihnachtsmarkt. Das Geld würde er niemals wieder reinholen. Somit würde er aller Wahrscheinlichkeit nach nicht nur das Café zumachen, sondern auch seinen Platz auf dem Weihnachtsmarkt aufgeben. Er würde endgültig in Rente gehen. Das alles war schon schwer genug, das Letzte, was er nun brauchen konnte, war Wolfgangs Mitleid. Oder seine guten Ratschläge. Deshalb würde er es für heute dabei belassen.

»Du und Rente«, sagte Wolfgang kopfschüttelnd. »Ich kann mir das einfach nicht vorstellen.«

»Wieso nicht? Dann habe ich auch mal Zeit für andere Sachen. Ich kann wieder zum Kegeln kommen. Oder wenn eine Radtour stattfindet, dann bin ich dabei.« Er hörte selbst, wie wenig überzeugend das klang. »Das hätte ich einfacher haben können, oder? Ich hätte noch ein paar Jahre bei der Versicherung aushalten sollen, so wie du. Dann wäre ich heute ohne Abzüge in Rente.«

»Damals war es richtig, was du getan hast.«

Ludwig nickte fest. Das Lächeln misslang ihm allerdings. Es war eine ungewöhnliche Zeit gewesen damals, als er sein Leben auf den Kopf gestellt hatte. Beide wussten, weshalb er es damals getan hatte. Wolfgang war einer der wenigen gewesen, die Ludwig unterstützt hatten. Die seine Beweggründe nachvollziehen konnten. Ohne ihn für vollkommen verrückt zu erklären.

»Bereust du es manchmal?«, fragte Wolfgang. »Im Nachhinein?«

»Kein bisschen. Es war richtig.«

»Du hättest jetzt mehr Geld und dabei weniger Arbeit gehabt. Eine gute Rente ohne Abzüge und viel Freizeit.«

»Ich weiß. Aber … um Geld geht es nicht, oder?«

»Nicht, wenn man genug davon hat.«

»Ich werde schon nicht unter die Räder kommen.«

Sein Freund sah sich in dem winzigen Café um.

»Dann wird dies das letzte Weihnachten im Laden sein.«

Das letzte Weihnachten. Ludwig schmerzte die Vorstellung. Er sah seinem Freund an, dass der sich Sorgen machte. Schließlich hatte Ludwig in den letzten acht Jahren nur für den Laden gelebt, hatte Tag und Nacht gearbeitet und so gut wie nie Freizeit gehabt. Wie sollte sein Leben in Zukunft aussehen? Wenn er allein zu Hause hockte und keiner da war, mit dem er reden konnte?

Ludwig rang sich ein sorgloses Lächeln ab in der Hoffnung, dass Wolfgang ihm das abkaufte.

»Warten wir es ab. Es wird sich schon eine Lösung finden.«

In der Küche ertönte ein Piepen. Der Ofen.

»Meine Zimtböden müssen raus.«

Ludwig stand auf. Seine Beine schmerzten, doch es ging einigermaßen. Er stellte die Tasse auf den Tresen und eilte zur Küche. Sorgsam zog er das Blech aus dem Ofen. In dem kleinen Raum duftete es verheißungsvoll nach Zimt und karamellisiertem Zucker.

»Ich muss los«, rief Wolfgang von vorn. »Meine Familie, du weißt ja …«

»Dann viel Spaß. Wir sehen uns.«

Ludwig hörte die Schritte auf den alten Holzdielen, dann das Klingeln der Glocke, als die Doppelflügeltür mit den geschwungenen Bleiglasfenstern aufgestoßen wurde. Schließlich verhallte das Glöckchen, und er war allein im Laden.

Nachdenklich blickte er sich in der Backküche um. Die alten steinernen Wände, die modernen Kücheneinbauten, die hübsche Lampe, die seine Nichte ihm geschenkt hatte, das halb geöffnete Sprossenfenster mit den beschlagenen Scheiben. Draußen war das Läuten von St. Jakobi zu hören, eine Möwe flog irgendwo und schrie.

Das letzte Weihnachten in seinem Laden. Das zu akzeptieren fiel ihm nicht leicht. Es gab keinen Ort, an dem er lieber war als hier in seiner kleinen Küche. Neun Jahre lebte er schon in und mit seinem Café.

Doch jetzt war er alt genug für den Ruhestand. Vielleicht war es sogar Zeit dafür. Wie auch immer, noch war es nicht so weit. Und jetzt wollte er seine Pflaumenmustörtchen machen. Grimmig schob er den Zimtboden beiseite, machte Platz auf der Anrichte und zog die Rührschüssel hervor. Es war höchste Zeit, sich um die Vanille-Buttercreme zu kümmern. Wenn er den Vormittag weiter damit verplemperte, den trüben Gedanken um seine Zukunft nachzuhängen, würden seine Törtchen niemals fertig werden.

Kapitel vier

Hauptreisezeit. Der ICE nach Hamburg war völlig überfüllt. Luise hatte zwar reserviert, fand sich jedoch mit den Wagennummern nicht zurecht, und irgendwann war sie es leid gewesen, über im Gang sitzende Reisende zu klettern. Sie hatte sich einfach in eine Ecke hinter der Zugtoilette verzogen, wo es einigermaßen ruhig war und von wo aus sie aus der Abteiltür in den grauen Himmel blicken konnte. Eine Weile konnte sie sich einfach treiben lassen. In Kassel allerdings musste sie den Platz räumen, weil die Tür plötzlich aufschwang und sie einem Haufen gereizter Fahrgäste im Weg stand, die in den Zug drängten.

Kaum hatte sie sich samt Mantel und Koffer ein neues Plätzchen im Gang zwischen zwei Abteilen ergattert, klingelte ihr Handy. Sie zog es umständlich aus dem Mantel. Jochen. Als hätte er so etwas wie einen siebten Sinn. Luise spürte augenblicklich ihr schlechtes Gewissen.

»Hallo Mutter. Sag mal, kannst du heute Abend auf die Kinder aufpassen? Dagmar wollte, dass ich dich anrufe.«

Im Normalfall hätte sie zuerst gefragt, warum Dagmar sie nicht selbst anrufen konnte. Oder weshalb er sich nicht für die Kinderbetreuung verantwortlich fühlte und nur im Auftrag seiner Frau danach fragte. Doch stattdessen schwieg sie, als wäre sie beim Haschischrauchen erwischt worden.

»Heute Abend ist Weihnachtsfeier in der Firma«, fuhr er fort. »Und Dagmar muss ins Krankenhaus.«

»Jochen. Ich bin doch auf dem Weg nach Lübeck.«

Das ließ ihn verstummen. »Ach, war das heute? Ich dachte, du fährst erst in ein paar Tagen.«

Eine junge Frau mit Kopfhörer und einem schier endlosen Schal, der wieder und wieder um ihren Hals geschlungen war, schob sich an Luise vorbei und stieß ihr ungerührt eine Reisetasche in die Rippen. Auf eine Entschuldigung wartete Luise vergebens, die Frau war schon im nächsten Abteil verschwunden.

»Ehrlich, Mutter, ich dachte, da reden wir noch mal drüber. Ich hatte das nicht so verstanden, dass das letzte Wort gefallen ist.«

Luise fühlte sich deprimiert. Sie hatte doch ausführlich über ihre Reisepläne gesprochen. Hörte er überhaupt zu?

»Was mache ich denn jetzt?«, fragte er.

»Die Kinder sind doch alt genug, um einen Abend allein zu bleiben.«

»Sag das noch mal, wenn das Haus erst abgebrannt ist.« Er seufzte. »Egal. Wir finden schon eine Lösung. Aber Silvester bist du wieder hier, oder?«

»Natürlich. Habe ich doch gesagt. Ich bin am zweiten Weihnachtstag wieder da.«

»Immer noch schwer zu glauben, dass du lieber mit Sophia zusammen bist.«

»Bitte, Jochen. Wir haben darüber gesprochen …«

»Marie meint, es ist gar kein richtiges Weihnachten, wenn Oma nicht da ist.«

»Aber ihr habt doch früher auch immer ohne mich gefeiert.«

»Schon. Aber seit … du weißt schon, seit damals ist das eben anders. Wir halten zusammen als Familie.«

Sie begriff plötzlich, dass es Jochen selbst war, für den die Sache schwer zu verdauen war. Er hatte sich nach Huberts Tod um sie gekümmert. Und nun schlug sie seinen angebotenen Schutz plötzlich aus. Glaubte er vielleicht, sie würde ihn nicht mehr brauchen?

»Jochen …«

»Dass du das wirklich durchziehst! Da kann ich ja nächstes Jahr auch alles stehen und liegen lassen und einfach in die Karibik fliegen. Stört ja keinen.«

Sie wollte antworten, doch da bekam sie wieder einen Koffer in den Rücken gedrückt und musste zur Seite treten.

»Wie auch immer. Ich muss jetzt Schluss machen, Mutter. Grüß Sophia von mir.«

»Sie ist gerade auf der Toilette«, sagte sie schnell. »Ich werde Grüße ausrichten.«

Damit war das Gespräch beendet. Luise blickte sich unglücklich um. In dem Abteil vor ihr wurde gerade ein Fensterplatz frei. Sie verstaute das Gepäck, quetschte sich in den Sitz und starrte aus dem Fenster. Jetzt hatte sie auch noch ihren Sohn vor den Kopf gestoßen. Dabei wollte er ihr nur beistehen. Sie fühlte sich elend. Graue, regnerische Landschaften zogen vorüber, ein bleierner Himmel, schmutzig grüne Wiesen. Und in Lübeck gab es niemanden, der auf sie wartete.

Die Zweifel, die Sophia am Frankfurter Bahnhof mit so leichter Hand verscheucht hatte, kehrten zurück. War denn nicht alles eine verrückte Idee? Von einer überspannten Witwe, die ihr altes Leben nicht loslassen konnte? Was, wenn Weihnachten in Lübeck sich genauso anfühlen würde wie die einsamen Morgenstunden in ihrem großen, leeren Haus? Vielleicht hatte sie sich selbst überschätzt. Vielleicht war diese Reise keine gute Idee gewesen.

Aus der Handtasche zog sie ihr Portemonnaie hervor. Sie öffnete es. Hinter einem Fensterchen war ein Bild von Hubert. Er lächelte ihr aufmunternd zu. Sie strich mit dem Finger liebevoll über das Fensterchen. Dann lächelte sie zurück.

Es wird schon werden, Lulu. Hab keine Angst.

In Hamburg angekommen, musste sie umsteigen. Ein kalter Wind ging durch die überfüllte Halle. Quäkende Stimmen drangen aus den Lautsprechern, zottelige Tauben machten Jagd auf weggeworfene Pommes und aufgeweichte Kartoffelchips. Luise drängte sich mit dem Gepäck durch die Menge. Immer wieder wurde sie angerempelt. Als sie an einer Rolltreppe stolperte und gegen einen gutgekleideten Mann stürzte, blaffte der sie an: »Was drängelst du hier, Alte? Musst du zurück ins Pflegeheim?« Luise fühlte sich ohnmächtig vor Scham und Wut, während der Mann nicht weiter auf sie achtete.

Der Regionalzug nach Lübeck war ebenfalls überfüllt. Die Luft war stickig, es roch nach Kaugummi und nasser Wolle. Keiner half ihr mit dem Gepäck, keiner nahm Notiz von ihr. Sie setzte sich auf einen freien Platz, nachdem sie auf die Frage, ob hier schon besetzt sei, keine Antwort bekommen hatte, und umklammerte ihren Besitz. Was mache ich nur? Was tue ich mir an?

Auch in Lübeck war der Bahnsteig voller Menschen. Graue Pendler, Reisegruppen, eine laute Gruppe angetrunkener Frauen, offenbar ein Kegelclub, die eine Sektflasche knallen ließen. Luise fühlte sich wie Strandgut. Sie drückte ihre Sachen an sich und bahnte sich einen Weg zum Ausgang. In ihrer Phantasie war diese Reise ganz anders verlaufen. Romantisch und voller Erinnerungen an Hubert. Vielleicht gab es dieses Lübeck gar nicht mehr, in dem sie so glücklich gewesen waren. Vielleicht existierte es nur noch in der Vergangenheit.

Auf dem Bahnhofsplatz hielt sie im Sprühregen Ausschau nach dem Holstentor. War das nicht gleich hier in der Nähe? Ein Taxi bremste ab und hupte, als ein junger Mann im Kapuzenpulli über eine rote Fußgängerampel lief. Der Fahrer schimpfte durchs offene Fenster. Luise konnte sich nicht orientieren, und ihr Koffer wurde immer schwerer.

»Entschuldigung! Sie da! Hallo, junge Frau!«

Verwundert drehte sie sich um. Ein junger Schwarzer, der die Uniform eines Schnellrestaurants aus der Bahnhofshalle trug, lief mit breitem Grinsen auf sie zu.

»Gehört das Ihnen?«, fragte er.

In seiner Hand hielt er ihr Portemonnaie. Sie stellte erschrocken fest, dass sie vergessen hatte, die Handtasche zu schließen.

»Ja, das gehört mir. Aber woher …?«

»Sie haben es gerade verloren. Ich hab es zufällig gesehen.«

Fröhlich überreichte er ihr das Portemonnaie. Es fehlte nichts. Geld, Karten, alles war an seiner Stelle. Sie wollte dem Jungen einen Finderlohn geben, doch er wehrte heftig ab.

»Nein, schon gut. Ich muss wieder zurück. Willkommen in Lübeck.«

Ehe Luise reagieren konnte, war er bereits wieder in der Bahnhofshalle verschwunden. Sie nahm das Portemonnaie und öffnete es abermals. Hubert saß an seinem Platz hinter dem Fensterchen und lächelte ihr entgegen.

Verwirrt ging sie ein paar Meter weiter. Da tauchte auch schon hinter einem Gebäude das Holstentor auf. Es strahlte in den grauen Nachmittag hinein. Vor dem Tor stand ein meterhoher geschmückter Weihnachtsbaum, dahinter die Speicherhäuser, deren Giebel mit Lichtern umrandet waren. Genau dieses Bild war es, das sie in Erinnerung hatte. Weihnachten in Lübeck. Sie strich mit der Hand über das Portemonnaie und steckte es in die Handtasche zurück. Nun fühlte sie sich nicht mehr wie Strandgut.

»Wir sind da, Hubert«, flüsterte sie. »Wir haben es geschafft.«

Kapitel fünf

Luises Hotel lag mitten in der Altstadt. Dort gab man ihr ein kleines Mansardenzimmer unterm Dach, von dem aus sie einen Ausblick auf die zahllosen Giebeldächer hatte, auf die verwinkelten Gassen und Innenhöfe, die kleinen Erker mit den Sprossenfenstern und auf die vielen gemauerten Schornsteine, aus denen schmale Rauchsäulen in den Himmel zogen.

Sie stellte sich vor, wie Hubert und sie Arm in Arm am Fenster standen und schauten. Hubert hätte diesen Ausblick geliebt, das wusste sie. Sie nahm ihr Portemonnaie, zog sein Foto aus dem Fach und stellte es auf die Fensterbank. Hubert lächelte von dem Bild, als würde er sich freuen, dabei zu sein.

»Ist es nicht wundervoll?«, flüsterte sie.

Das Zimmer bestand aus einem liebevollen Durcheinander aus echten Antiquitäten und nachgemachtem Tand, aus Stofftapeten und bunten Kissen, das Licht leuchtete gedämpft, die Farben waren gedeckt. Auf einem Sekretär, der unterm Mansardenfenster stand, gab es eine Auswahl an Romanen, daneben lag ein Stück Lübecker Marzipan, zusammen mit einer Notiz: *Willkommen in Lübeck.*

Sie blickte sich um. Ja, so hatten sie es sich erträumt. Es war genauso, wie Hubert und sie sich das vorgestellt hatten, ihr Weihnachten in Lübeck. Die Angst vor der morgendlichen Dämmerung, vor der drückenden Einsamkeit, in der sie zu versinken drohte, war jetzt nur noch ein Schatten. Vielleicht würde sie bald ganz verschwinden.

Sie blickte zur Uhr. Eigentlich war es zu spät für einen Mittagsschlaf. Doch sie spürte die Müdigkeit in den Knochen. Unentschlossen warf sie einen Blick durchs Fenster und wusste, dass sie sich zuerst ein bisschen die Beine vertreten wollte. Die direkte Umgebung kennenlernen. Danach würde sie sich von der Reise ausruhen.

Das Hotel lag in dem Teil der Innenstadt, der vom Bombenhagel im Zweiten Weltkrieg verschont geblieben war. Lübeck war eine der wenigen Städte in Deutschland, deren historische Gestalt in großen Teilen erhalten geblieben war. Zwar hatte auch Lübeck eine Bombennacht erlebt, die ein großes Loch in die Altstadt gerissen hatte. Eine Wunde, die bis heute nicht verheilt war, in dem es noch Brachen gab und eine Menge der obligatorischen Nachkriegshäuser, die schnell und billig aus dem Boden gestampft worden waren, um Wohnraum zu schaffen. Uneinheitliche Straßenbilder, in denen zwischen Nachkriegsbeton und billigem Klinker einzelne atemberaubend prachtvolle Häuser standen. Doch ein großer Teil der Stadt hatte diesen wahnsinnigen Krieg überlebt. Die stolze

Architektur der Hanse, die reichen Bürgerhäuser, der Atem der Geschichte machten Lübeck so besonders. Luise konnte sich kaum sattsehen. Es war einfach wunderschön.

An einer Straßenecke wurde ihr plötzlich bewusst, dass sie wieder die Orientierung verloren hatte. Sie sah sich um, suchte nach vertrauten Straßennamen oder Kirchtürmen. Doch nichts. Stattdessen entdeckte sie zu ihrer Überraschung einen Winterjasmin. Der Strauch war kahl und mochte auf den ersten Blick vielleicht wie jeder andere aussehen. Doch Luise konnte einen Winterjasmin sofort als solchen erkennen. Und dieser hier war ein besonders schönes Exemplar.

Oje, dachte sie, als sie ihn näher in Augenschein nahm. Wenn sie diesen kraftvollen Strauch sah, wurde ihr erst klar, in welch schlechtem Zustand der Jasmin vor ihrem eigenen Haus war. Lange würde er es wohl tatsächlich nicht mehr machen. Wie schade um ihn, Hubert hatte so daran gehangen. Da er im letzten Winter nicht mehr geblüht hatte, musste sie davon ausgehen, dass er es wohl niemals mehr täte.

Der Jasmin gehörte zu einem barocken Backsteinhaus mit einer Doppelflügeltür, mit gemauerten Fensterbögen und einem treppenförmigen Giebel. Ein schmiedeeisernes Schild schaukelte im Wind: *Johannsens*. Es war ein winziger Laden, wo auf wenigen Quadratmetern ein paar schmale Gästetische standen, mit einem herrlich alten hölzernen Verkaufstresen und Vitrinen voller Leckereien.

Luise erkannte den Laden sofort wieder. Die Erinnerung zauberte ein Lächeln in ihr Gesicht. Sie war mit Hubert hier gewesen, bei ihrem letzten Besuch in der Stadt. Sie hatten an einem dieser zierlichen Tischchen gesessen und unfassbar leckere Marzipantörtchen gegessen. Dieser Ort hatte sich in ihrer Erinnerung fest verankert.

Sie beschloss, kurz hineinzugehen, ausruhen konnte sie sich später. Ein Glöckchen klingelte über der Tür, als sie eintrat. Warme, verheißungsvoll duftende Luft schlug ihr entgegen. Es roch nach Kaffee und Schokolade und allen möglichen Gewürzen. Die winzigen Tische waren allesamt besetzt und umgeben von bergeweise Mänteln, Pullis, Jacken und Schals, die die Leute im aufgeheizten Raum abgelegt hatten. Es herrschte ein ziemlicher Lärmpegel, es wurde gelacht und geschnattert, Teller mit Törtchen wurden herumgereicht. Luise sah sich um. Die Wände waren teils bunt bemalt, teils war das alte Gemäuer freigelegt worden. Historische Fotografien und kleine Kunstdrucke vom Flohmarkt waren bunt zusammengewürfelt. Die Dielen knarrten unter ihren Füßen, die kleinen Scheiben der Sprossenfenster waren beschlagen, alles wirkte behaglich und einladend.

Ein Mann tauchte hinterm Tresen auf. Er sah genau so aus, wie man sich einen Zuckerbäcker vorstellte: rund und gemütlich, dabei sehr gutaussehend, mit graumelierten Haaren, die für sein Alter erstaunlich voll waren, und mit einem grauen Bart, der sein hintergründiges Lächeln kaum verdecken konnte. Als er aufsah, blitzten seine Augen sie so charmant an, dass Luise sich nicht anders zu helfen wusste, als offenherzig zurückzulächeln. Sie räusperte sich verlegen, trat an die Vitrinen und betrachtete die Auslagen. Kleine Törtchen und Tartelettes, Teegebäck und Cupcakes. Es sah alles verlockend aus.

»Sie sind keine Lübeckerin, oder?«, fragte der Mann. »Ich habe Sie noch nie hier gesehen.«

»Nein, ich bin nur zu Besuch. Ich komme aus Frankfurt.«

Sie hielt nach den leckeren Marzipantörtchen Ausschau, die sie und Hubert hier gegessen hatten.

»Ich war aber schon einmal hier. Das ist allerdings acht … nein, neun Jahre her. Himmel, wie die Zeit vergeht.«

»Neun Jahre? Da hatte ich das Café gerade erst eröffnet.«

»Schön, dass es Sie immer noch gibt. Ich war damals mit meinem Mann hier, mit Hubert. Er … wir …«

Sie stockte, als es um Hubert ging. Das passierte ihr immer wieder. Dass sie von Hubert redete, als wäre er noch da, als würde er immer noch leben. Wie sollte sie diese Unsicherheit überspielen? Konnte sie diesem Fremden sagen, dass ihr Mann vor einigen Jahren gestorben war? Das wäre sicher kein besonders guter Einstieg für ein Gespräch. Außerdem hatte sie schon ganz selbstverständlich von Hubert gesprochen, ohne sich selbst überhaupt mit Namen vorzustellen.

»In den letzten neun Jahren hat sich eine Menge getan«, half der Mann ihr freundlich lächelnd aus. »Sehen Sie sich ruhig um. Ich habe eine Reihe Leckereien, die Sie sicher noch nicht kennen.«

Luise fragte sich, ob sie sich an den Tresen setzen

sollte. Sie hätte ihren Mantel, in dem ihr furchtbar heiß war, gern abgelegt. Und vielleicht eine Tasse Kaffee getrunken. Aber würde der Mann dann nicht denken, sie erwarte von ihm, unterhalten zu werden? Eine einsame Frau, die sich am Tresen breitmachte. Sie entschied sich, den Mantel anzubehalten, und betrachtete stattdessen die Auslagen.

»Damals hatten Sie ein ungewöhnliches Marzipantörtchen. Es hatte einen Baumkuchenboden und war mit Rumfrüchten gemacht.«

»Sie meinen die Baumkuchen-Punschtörtchen. Die habe ich im Moment nicht da. Tut mir sehr leid.«

»Das macht doch nichts. Mir ist nur die Füllung in Erinnerung geblieben, diese Schicht mit den Früchten. Ich habe überlegt, wie Sie die wohl gemacht haben. Sicher mit Rumtopf-Früchten, nur dass da, ich weiß nicht, war vielleicht Quittengelee drin?«

»Stimmt. Ich habe die Füllung mit Quittengelee gemacht.« Er betrachtete sie verwundert. »Woher wissen Sie das? Sind Sie Konditorin?«

»Ich?« Sie lachte verlegen. »Aber nein. Ich backe nur gern, das ist alles. Ich stelle meine Rezepte ab und zu ins Internet, da gibt es eine Menge Leute, die meine Sachen nachbacken. Vielleicht mache ich irgendwann einen Back-Blog auf.«

Sie wusste nicht, weshalb sie das gesagt hatte. Irgendwie wollte sie ein bisschen Eindruck schinden bei diesem freundlichen Zuckerbäcker.

»Einen Blog? Das ist ja interessant.«

An einem Tisch machte eine ältere Dame auf sich aufmerksam. Sie wollte zahlen. Der Mann entschuldigte sich und zog eine Rechnung aus der Kasse. Bevor er zum Tisch ging, blieb er bei Luise stehen.

»Setzen Sie sich doch. Ziehen Sie Ihren Mantel aus. Ich bin gleich wieder da.«

Und so legte Luise doch ihren Mantel ab und hockte sich an den Tresen. Sie befürchtete immer noch, dass sie dem Mann die Zeit stahl. Doch als sie verlegen zu ihm hinübersah, schenkte er ihr ein Lächeln, das ihre Sorge sich in Luft auflösen ließ.

Zurück am Tresen, machte er ihr eine Tasse duftenden Kaffee. Dann fing er an, Gläser zu polieren.

»Erzählen Sie mal genauer«, forderte er sie auf. »Das interessiert mich jetzt doch, was es mit diesem Blog auf sich hat. Vielleicht wäre das ja auch was für mich?«

So begann Luise von den Internetforen zu berichten, in denen sie aktiv war. Von den deutschlandweiten Briefkontakten mit Backfreunden, die sie pflegte, was wohl richtigerweise Austausch von Messages mit Followern hieß. Und von den beiden Bloggerinnen, die sie ermutigt hatten, einen eigenen Blog aufzumachen. Schnell waren sie dann bei Backrezepten angelangt, und Luise probierte ein köstliches Schokomousse-Törtchen. Ein herrliches Gebäck mit einer leichten weihnachtlichen Note.

»Ich liebe die Weihnachtszeit«, sagte sie. »Da hat man eine perfekte Ausrede, um jeden Tag zu backen. Geht es Ihnen nicht auch so?«

Er lachte, wobei sich sein ganzer Oberkörper bewegte.

»Früher vielleicht. Aber inzwischen heißt die Vorweihnachtszeit für mich, dass ich wenig Schlaf bekomme und noch mehr als sonst arbeiten muss. Ich komme mit dem Backen kaum noch hinterher. Ich habe noch einen Stand auf dem Weihnachtsmarkt, müssen Sie wissen. Da verkaufe ich handgemachtes traditionelles Weihnachtsgebäck. Das muss neben dem laufenden Geschäft auch noch produziert werden, was seine Zeit braucht.«

»Oje. Und ich halte Sie hier auch noch von der Arbeit ab. Tut mir leid.«

»Unsinn. Ich freue mich über ein bisschen Ablenkung. Außerdem bin ich für heute fertig. Erst morgen früh geht es weiter.« Er stellte ein poliertes Glas ab und legte das Tuch aus der Hand. »Ich heiße Ludwig Johannsen.«

»Luise Aichmüller. Freut mich sehr.«

»Mich auch.« Er grinste. »In den nächsten Tagen will ich mal wieder meine Baumkuchen-Punschtörtchen mit der Marzipandecke machen. In Lübeck ist zwar das ganze Jahr über Marzipansaison, aber zur Weihnachtszeit passen sie irgendwie besonders. Kommen Sie doch vorbei. Dann können Sie die Füllung noch mal probieren. Vielleicht erraten Sie ja, wie ich sie gemacht habe.«

»Das wäre großartig. Aber … haben Sie denn überhaupt Zeit dafür? Ich möchte Sie wirklich nicht von der Arbeit abhalten, wenn Sie so viel zu tun haben.«

»Ich bin doch sowieso im Laden. Und ich bin gespannt, ob Ihnen die Törtchen so gut schmecken wie beim ersten Mal. Vielleicht haben Sie einen Tipp für mich, wie ich etwas verbessern könnte.«

Die Türglocke ging, neue Gäste traten ein. Der freie Tisch stand immer noch voll mit benutzten Tellern und Tassen.

»Ich muss jetzt weiter«, sagte Luise schnell, damit er sich um die neuen Gäste kümmern könnte. »Vielen Dank für den Kaffee.«

»Aber gern.« Er zögerte, bevor er die Teller abräumte. »Dann sehen wir uns also in den nächsten Tagen wieder?«

»Ihre Baumkuchen-Punschtörtchen lasse ich mir nicht entgehen.«

Sie zog sich den Mantel an. Als sie an der geschwungenen Flügeltür stand, sah sie noch einmal zurück. Ludwig Johannsen blickte ihr mit einem seltsamen Lächeln nach.

»Ich habe die Törtchen fest im Programm«, sagte er. »Sie kommen auch wirklich wieder?«

»Ja.« Luise lächelte ebenfalls. »Ich komme wieder.«

Kapitel sechs

Grauer Nebel lag über dem Hafen, Nieselregen sprühte durch die Luft. Das Morgenlicht hatte keine Chance, durchzudringen, alles blieb trüb und zwielichtig. Ludwig hoffte, dass es sich bald aufklären würde. Wenn schon nicht die Sonne schien, sollte es wenigstens schneien oder ordentlich frieren. Für den Weihnachtsmarkt war alles besser als dieses Schietwetter.

Er parkte mit seinem Lieferwagen unterhalb des Burgklosters. Höchste Zeit, den Nachschub zum Stand zu bringen. Zimtsterne, Bethmännchen, Printen, Vanillekipferl. Ein paar seiner Marzipanspezialitäten und natürlich auch sein traditionelles Weihnachtsgebäck aus Schleswig-Holstein. In einer Viertelstunde müsste er eigentlich sein Café aufmachen, doch heute würde das nicht klappen. Hoffentlich wären noch keine Gäste da und warteten vor verschlossenen Türen. Er packte zwei Kisten übereinander, stemmte sie hoch, warf die Autotür zu und stieg hinauf zum Burgkloster.

Oben auf dem Klostergelände war das Weihnachtswunderland, einer der zahlreichen Weihnachtsmärkte der Stadt. Dieser kleine Markt richtete sich an Familien mit Kindern, mit einem Wichtelwald und einer Eislaufbahn, hoch über der Altstadt. Dort betrieb ein alter Freund von Ludwig mehrere Stände und hatte ihm eine kleine Hütte für sein handgemachtes Gebäck bereitgestellt. Es war ein schöner Platz, unterhalb der Burg auf der Dachterrasse des Hansemuseums, nach vorn öffnete sich der Blick auf die Trave und die Verladekräne des Hafens, im Rücken lagen die Burg und die Gassen der Altstadt. Selbst bei Schietwetter war es ein Ort zum Durchatmen.

Die anderen Schausteller waren bereits damit beschäftigt, die Hütten für den Markttag vorzubereiten. Die Blendläden wurden abmontiert, Lichterketten in Gang gesetzt, Auslagen sortiert. Auch an Ludwigs Stand herrschte reges Leben. Seine Nichte Eva und ihre Freundin Maren, die sich in der Vorweihnachtszeit etwas fürs Studium dazuverdienten, hatten die Verkaufsfläche schon aufgebaut. Mit dem Rücken zum Markt hockten sie in ihrem Hüttchen, hantierten an dem Gasöfchen herum und blafften sich gegenseitig an, wie seine Nichte das nur mit ihren besten Freundinnen tat.

»Jetzt sag schon! Wie geht dieser bescheuerte Ofen an?«

»Hier drücken, und dann das Feuerzeug dranhalten. Ich – Aua!«

»Geh weg, das wird doch nichts.«

»Lass es, ich … Jetzt gib mal her.«

Sie schoben sich gegenseitig zur Seite und fingen plötzlich an zu kichern wie Teenager.

»Mach schon!«, rief Eva. »Ich frier mir alles ab.«

Nun klemmte sich Evas Freundin den Finger und schrie auf, woraufhin Eva erst recht loskicherte.

»So wird das nichts, Mädels«, sagte Ludwig und stellte die Kisten ab. »Ihr müsst mit dem Gashahn vorsichtig sein.«

»Ich hol mir erst mal einen Glühwein.«

»Eva, es ist zehn Uhr morgens!«

»Dann mach du den Ofen an!«

Ludwig betrat mit einem Seufzer die enge Hütte. Maren, die ihm gegenüber nicht ganz so unbefangen war wie seine Nichte, trat höflich zur Seite. Ludwig zeigte demonstrativ Schritt für Schritt, wie der Ofen sich anfeuern ließ, bis er bemerkte, dass die beiden ihm gar nicht mehr zusahen. Der Ofen lief, also beschäftigten sie sich wieder mit sich selbst.

»Ich hab fünf Schichten Kleidung an.«

»Du siehst auch total fett aus.«

»Wenigstens sehe ich nur so aus.«

»Selber fett, blöde Kuh.«

»Bitte, Mädels«, ging Ludwig dazwischen. »Füllt lieber die Tüten auf. Ich habe Nachschub dabei. Neben den üblichen Sachen habe ich noch ein paar Marzipanpralinen mitgebracht. Mal sehen, ob die sich verkaufen lassen. Hier, probiert doch mal eine.«

Er öffnete die Kiste und holte eine Praline heraus.

»Da sind doch mindestens zweihundert Kalorien drin.«

»Eva, bitte. Du hast eine perfekte Figur. Du willst mir doch nicht erzählen, dass du auf deine Linie achten musst.«

Widerwillig nahm sie die Praline. Sie betrachtete sie, dann versuchte sie, Maren die Praline überfallartig in den Mund zu stecken. Die schrie hysterisch auf, dann kicherten beide wieder.

Eine ältere Dame im Pelzmantel erschien vor dem Stand. Augenblicklich waren die beiden Mädchen wie ausgewechselt, lächelten freundlich und waren durch und durch professionell. Ludwig konnte sich ein Lächeln nicht verkneifen. Die beiden waren unverbesserlich. Er schob die Kisten unter die Verkaufsfläche und schloss die Hüttentür von außen.

Im Nachbarstand tauchte Jürgen auf, sein Freund, der ihm die Hütte überlassen hatte. Er packte gerade eine Kiste mit Holzspielzeug aus, mit dem er die Verkaufsfläche bestückte.

»Ludwig! Wie läuft's? Deine Mädels machen sich gut.«

»Ja, man glaubt es kaum. Aber wenn's ernst wird, können sie arbeiten.«

Jürgen räusperte sich umständlich und sah hinaus zum Hafen. Er schien etwas auf dem Herzen zu haben.

»Sag mal, Ludwig. Weißt du schon … Also, ich habe mich gefragt, wie das im nächsten Jahr mit dem Standplatz ist. Ob ich mir einen Ersatz für dich suchen muss.«

Natürlich. Neuigkeiten sprachen sich schnell herum. Es war eine kleine Gemeinde hier auf dem Weihnachtsmarkt. Und längst wussten alle Bescheid.

»Ich bin noch nicht sicher«, wich Ludwig aus. »Ich muss abwarten, wie sich alles entwickelt. Brauchst du jetzt schon eine feste Zusage?«

»Nein, nein. Ich habe mich nur gefragt. Ich meine, du könntest den Stand ja trotzdem behalten. Auch ohne dein Café.«

»Ich müsste mich nach einer Backküche umsehen. Du weißt schon, wegen des Gesundheitsamts.«

»Ich hör mich mal um. Vielleicht weiß jemand was für dich.«

Die Stände unterhalb der Burg waren weitgehend aufgebaut, und langsam füllte sich der Markt mit Besuchern. Ludwig fragte sich, wie es sich anfühlen würde, wenn er im nächsten Jahr ohne das Café wäre und im Winter nicht einmal mehr diesen Stand hätte. Wenn es dann nur noch seine Wohnung gäbe und die Zeitung mit dem Kreuzworträtsel. Er hatte geglaubt, sich innerlich schon lange auf seinen Ruhestand vorbereitet zu haben, doch jetzt und hier wurde es plötzlich sehr konkret. Und es fühlte sich an, als wäre er kurz davor, sich in Luft aufzulösen.

Jürgen schien ihm anzusehen, was er fühlte.

»Es wird schon werden«, sagte er. »Etwas findet sich immer.«

Ludwig setzte schnell ein unbekümmertes Gesicht auf.

»Vielleicht ist es ja auch besser so«, sagte er. »Ich werde nicht jünger. Manchmal frage ich mich, wofür ich die ganze Arbeit eigentlich mache.«

»Ganz genau, Ludwig. Sei froh, dass du die Füße hochlegen kannst.«

»Ich bin alt genug, um in Rente zu gehen.«

»Das finde ich auch. Du solltest das Leben genießen.«

Jürgen zeigte ihm den erhobenen Daumen, dann wandte er sich ab und räumte die Kisten weiter aus. Ludwig sah sich auf dem kleinen Weihnachtsmarkt um. Es war schön hier oben. Leute schlenderten herum, und der Duft von Glühwein und Mutzen lag in der Luft. Ein kitschiges amerikanisches Weihnachtslied wehte herüber. *It's beginning to look a lot like christmas*. Tatsächlich, dachte Ludwig. Allmählich fing es wirklich an, sehr nach Weihnachten auszusehen. Er sollte es genießen, solange er noch ein Teil davon war. Über den Rest würde er sich später den Kopf zerbrechen können.

Maren eilte an ihm vorbei. »Ich hol mir schnell ein Fischbrötchen, bevor es richtig losgeht.« Dann war sie schon verschwunden. Ludwig sah ihr nach, bis ihm eine Gestalt auffiel, die zwischen den Ständen umherwanderte. Es war Frau Aichmüller, die ihn vor zwei Tagen in seinem Café besucht hatte. Diese Frankfurterin, die vielleicht einen Back-Blog schreiben wollte. Sie trug einen eleganten Mantel und einen rostroten Wollschal, der gut zu ihren silbergrauen Locken passte. Als sie Ludwig erkannte, strahlte sie übers ganze Gesicht. Sie marschierte direkt auf ihn zu.

»Sie wollten doch wiederkommen«, begrüßte er sie. »Und die Baumkuchen-Punschtörtchen probieren.«

»Ja, das wollte ich. Ich bin noch nicht dazu gekommen.«

»Na, ich lauf Ihnen nicht weg. Ich bin in der Regel den ganzen Tag im Café. Es sei denn, ich bin hier. Heute mach ich ein bisschen später auf. Oder sind Sie mit einer Reisegruppe in Lübeck? Können Sie Ihre Zeit nicht selbst einteilen?«

»Nein. Ich bin allein. Aber ich habe mir schon die Kirchen angesehen und das Museum im Holstentor. Die Zeit vergeht wie im Fluge. Ich war noch nicht einmal auf allen Weihnachtsmärkten.« Sie nahm seine Hütte in Augenschein. »Ist das Ihr Stand? Der sieht ja wundervoll aus.«

»Alles handgemachtes Gebäck«, sagte seine Nichte ganz geschäftsmäßig, als Luise an die Verkaufsfläche herantrat. »Wie in Omas Weihnachtsbäckerei.«

In kleinen transparenten Tüten war alles an Keksen und Gebäck zu bekommen, was man sich zu Weihnachten wünschte. Zimtsterne, Kokosmakronen, Spekulatius, Vanillekipferl, Marzipantaler, Dominosteine. Luise bemerkte natürlich auf den ersten Blick, dass alles in liebevoller Kleinarbeit gefertigt war. Und zwar von jemandem, der sein Handwerk verstand. Beim Betrachten lief ihr das Wasser im Munde zusammen. Ludwig war zufrieden, als er ihren Gesichtsausdruck bemerkte. Man wollte eben am liebsten sofort zugreifen, so sollte es sein.

»Wundervoll. Was ist das denn?« Sie zeigte auf Tüten mit ausgestochenen und buntbemalten Plätzchen. Sie waren zum einen ungewöhnlich, weil die Motive der Ausstechformen uralt waren. Es waren Figuren aus Ludwigs Kindheit: Hirsche und Reiter, Windmühlen, Schweine und Hähne. Auch das Paradiesstück, wie seine Mutter es genannt hatte, war dabei, die Darstellung von Adam und Eva in einer Ausstechform. Und dann war das Gebäck aufwendig bemalt, was sehr zeitraubend gewesen war. Die Einzelheiten der Motive, Augen, Händchen, Kleidung, Efeublätter, waren sorgsam mit Perlen und buntem Zuckerguss herausgearbeitet worden.

»Sind das Mürbeteig-Plätzchen?«, fragte sie.

»Das sind Kindjespoppen«, sagte Ludwig. »Oder auch Kindjestüch. Ein altes Rezept aus der Gegend hier. Die Grundlage ist ein Rührteig, dem für die besondere Note Rosenwasser beigefügt wird. Die Figuren zum Ausstechen habe ich selbst aus Weißblech nachgebastelt. Sie sollten aussehen wie früher in meiner Kindheit.«

»Das tun sie tatsächlich«, sagte Luise beeindruckt. »Das meiste kenne ich auch noch von früher. Aber wenn ich mir den Preis ansehe, kommt da ein schlechter Stundenlohn bei heraus, oder nicht? Das Bemalen muss doch eine Höllenarbeit sein.«

»So ist das nun einmal«, sagte Ludwig verlegen. »Mehr kann man für eine Tüte mit Keksen nicht nehmen. Trotzdem. Auch wenn sich das nicht wirklich rechnet, für mich gehören sie einfach dazu. Weihnachten ohne Kindjestüch ist kein Weihnachten.«

»Kindjestüch. Das muss ich mir merken. Was kommt denn noch aus dieser Gegend?«

»Brauner Kuchen zum Beispiel. Den gibt es in allen möglichen Varianten. Das war früher ganz typisch hier. Damals hatte jeder Hof sein eigenes Geheimrezept. Meinen Braunen Kuchen backe ich so, wie ihn Theodor Storm auf dem Weihnachtsteller hatte. Ein Dienstmädchen, das damals im Hause Storm angestellt war, hat das Rezept der Familie weitergegeben und so für uns erhalten. Für mich ist es der beste Braune Kuchen.«

»Das hört sich verlockend an. Ich glaube, diese Sachen muss ich unbedingt mal probieren.«

»Mutzen sind natürlich auch eine norddeutsche Spezialität auf Weihnachtsmärkten. Aber die gibt es hier an jeder Ecke, die werden frisch in heißem Fett gebacken. Sehr lecker, sollten Sie probieren.«

Luise studierte die Auslage, dann sah sie sich verzückt auf dem kleinen Weihnachtsmarkt um.

»Es muss toll sein, einen Stand mit so besonderen Dingen zu haben«, sagte sie und fügte mit leuchtenden Augen hinzu: »Ich habe die Leute immer beneidet, die auf dem Weihnachtsmarkt arbeiten.«

Da konnte sich Eva ein Lachen nicht verkneifen.

»Im Ernst?«, fragte sie amüsiert. Ludwig entging nicht, wie sie Luises teuren Mantel und die schicke Handtasche musterte. »Sie wissen aber schon, was man als Verkäuferin auf dem Weihnachtsmarkt verdient?«

»Darum geht es mir gar nicht. Einfach, ein Teil davon zu sein. Zu dieser Welt zu gehören, die ganz und gar auf den Zauber der Weihnacht ausgerichtet ist.«

Eva sah sie an, als hätte sie nicht alle Tassen im Schrank. Ludwig jedoch konnte schon verstehen, was Luise damit meinte. Es war vielleicht ein bisschen kitschig, diese ganze Weihnachtsromantik, doch auch ihm entging nicht der einmalige Zauber der Umgebung. Sonst hätte er sich das mit dem alljährlichen Stand gar nicht angetan.

»Hauptsächlich steht man sich die Beine in den Bauch und holt sich eine Erkältung«, sagte Eva. »Und wenn man hier zehn Stunden in der Kälte gestanden hat, dann kann man so lange eine heiße Wanne nehmen, wie man will, die Kälte bleibt trotzdem in den Knochen. Außerdem hängt einem irgendwann die Weihnachtsmusik zu den Ohren heraus. Immer das gleiche Zeug, das macht einen ganz verrückt.«

»Mag sein«, lachte Luise. »Aber ich bleibe dabei. Ich stelle mir das toll vor.«

»Dann kommen Sie doch mal zu mir rein. Sie können den nächsten Kunden bedienen.«

Das war typisch seine Nichte. Luise hielt das natürlich für einen Scherz, trotzdem schien ihr die Idee zu gefallen. Eva öffnete beherzt die Seitentür der Hütte und winkte sie zu sich.

»Nein, das geht doch nicht …«

»Kommen Sie!«, forderte Ludwig sie auf, dem das Ganze zu gefallen begann. »Machen Sie ruhig. Wenn das ein Wunsch von Ihnen ist, erfüllen wir ihn gern.«

Luise zögerte, dann lachte sie und trat in die Hütte hinein. Sie blickte sich ehrfürchtig um. Von innen sah alles schon deutlich weniger anheimelnd aus. Unter der geschmückten Verkaufsfläche waren von außen nicht einsehbare billige Regalbretter, auf denen die Ware lag, wo Kabelrollen und Dreierstecker ihren Platz hatten, die Kasse und die Quittungsblöcke waren. Davor standen zwei Hocker, auf denen Wolldecken lagen, und natürlich das Gasöfchen. Luise fühlte sich wie eine Schauspielerin, die sich alle

Requisiten auf einer Bühne anschaute, die für das Publikum unsichtbar waren.

Ein junger Mann mit modischem Bart und Turnschuhen näherte sich, an der Hand ein kleines Mädchen. Luise trat einen Schritt zurück, doch Eva ermunterte sie mit einer Geste, den Kunden zu übernehmen.

»Tolle Sachen haben Sie hier«, sagte der Mann, während er das Angebot betrachtete. Er nahm seine Tochter auf den Arm, damit sie besser sehen konnte.

»Es ist alles handgemacht«, sagte Luise. »Wir haben für jeden Geschmack etwas.«

»Guck mal, Papa. Da sind Dominosteine.«

Luise hielt ein Tütchen hoch. »Magst du Dominosteine?«

»O ja. Und wie!«

»Wir haben zu Hause noch welche«, sagte der Mann zu seiner Tochter, dann wandte er sich an Luise: »Das sind schöne Sachen, die Sie hier haben. Aber wir sind versorgt. Und die sind auch nicht gerade günstig …«

»Nun, das liegt daran, dass die Sachen sich mit normalem Gebäck nicht vergleichen lassen. Nehmen Sie die Dominosteine. Die sind handgemacht. Der Lebkuchenboden, das Kirschgelee, alles handgemacht. Und dann das Lübecker Marzipan.« Sie sah kurz fragend zu Ludwig, der ihr zunickte: Natürlich war das Lübecker Marzipan in seinen Dominosteinen. »Das Besondere an dem Marzipan ist der hohe Mandelanteil, wissen Sie? Es wird wenig Zucker verwendet, dafür nur reine Zutaten. Und die Mandeln kommen aus europäischen

Anbauregionen, aus Spanien und Italien, weil die ein feineres Aroma haben. Im Supermarkt bekommen Sie das Marzipan fast nur mit kalifornischen Mandeln. Achtzig Prozent aller Mandeln weltweit kommen aus den USA, wussten Sie das? Das sind halt die günstigsten. Aber in hochwertigem Lübecker Marzipan, da finden Sie die nicht.«

Eva blieb bei so viel Fachwissen der Mund offen stehen. Sie sah Ludwig fragend an, doch der lächelte nur. Luise nahm beherzt ein Messer und teilte einen Dominostein entzwei.

»Sehen Sie nur die Konsistenz. Der weiche, saftige Lebkuchen, den kriegt man nur so hin, wenn man sein Handwerk beherrscht. Und dieser Duft. Dann das zarte Kirschgelee in der Mitte und dieses herrliche, leicht körnige Marzipan. Das Ganze in wunderbarer Zartbitterschokolade und mit Mandelsplittern bestreut. Natürlich hat das seinen Preis. Ich kann Ihnen versichern, dass der sogar noch sehr günstig ist, wenn man bedenkt, wie viel Arbeit darin steckt. So was bekommen Sie nirgendwo. Probieren Sie nur.«

Auf den Geschmack gebracht, griffen die beiden zu, erst bei den Kostproben und dann tatsächlich bei den Tüten – Luise hatte ihr erstes Gebäck auf dem Weihnachtsmarkt verkauft. Als die beiden fort waren, strahlte sie Ludwig stolz an.

»Woher wissen Sie das alles?«, fragte Eva verdattert. »Onkel Ludwig, woher weiß sie das? Stimmt das mit den amerikanischen Mandeln?«

»Ja, das stimmt. Sie ist Hobby-Bäckerin. Eine ziemlich gute offenbar. Sie will einen Back-Blog schreiben.«

An Luise gewandt fügte er hinzu: »Ich würde wirklich gern einmal etwas probieren, das Sie gebacken haben. Ihr Gebäck ist bestimmt großartig.«

»Nicht so großartig wie Ihre Baumkuchen-Punschtörtchen. Da werde ich nie herankommen.«

»Ach, das ist gar keine Zauberei. Was halten Sie davon, wenn ich Ihnen zeige, wie ich die mache? Wie gesagt, ich muss sie sowieso backen. Sie könnten mir dabei assistieren.«

»Ist das Ihr Ernst? Sie würden mir das Rezept verraten?«

»Warum nicht? Dann können Sie die in Frankfurt selbst backen, jederzeit.«

Eva grinste. »Darauf können Sie sich was einbilden. Das tut er nicht bei jedem. Eigentlich durfte noch nie einer zu ihm in die Küche, wenn ich mich recht erinnere. Mich lässt er da jedenfalls nicht rein.«

Augenblicklich lag Verlegenheit in der Luft. Ludwig verfluchte seine Nichte für diesen blöden Kommentar. Er räusperte sich umständlich. Luise war gegenwärtig genug, das Thema zu wechseln.

»Was muss ich jetzt tun?«, fragte sie, da sie den Geldschein des jungen Mannes immer noch in der Hand hielt.

»Legen Sie das Geld in die Kasse«, sagte Eva. »Und dann tragen Sie den Verkauf hier ein. Sehen Sie? Dann sind Sie auch schon fertig.«

Luise tat wie geheißen, legte den Kugelschreiber zur Seite und strich mit der Hand über den Tresen. Glücklich überblickte sie den Weihnachtsmarkt.

»Jetzt bin ich ein Teil davon«, sagte sie stolz.

Ludwig rührte ihre Offenheit, und er konnte gut verstehen, was sie empfand.

»Das sind Sie«, sagte er. »Als wäre es schon immer so gewesen.«

Kapitel sieben

»Haben Sie wirklich Zeit dafür?«

Luise stand unschlüssig in der kleinen Küche.

»Es ist doch gerade zu dieser Jahreszeit so viel zu tun. Das Weihnachtsgeschäft, der Stand auf dem Markt …«

»Sie werden mir ja helfen«, meinte Ludwig leichthin. »Dafür sind Sie hier. Wir machen das zusammen. Und jetzt legen Sie den Mantel ab.«

Vorn im Café ging die Türglocke. Ludwig entschuldigte sich und ging in den Verkaufsraum. Stimmengemurmel drang herüber, das Zischen und Pfeifen des Kaffeeautomaten, ein warmes Lachen. Luise sah sich in der Küche um. Man konnte sich auf den ersten Blick in sie verlieben: in das alte Gemäuer, die hohen Decken, ein Sprossenfenster, das zur Gasse hinausführte, und zahllose hübsche Holzregale, auf denen Zutaten und Gewürze in unterschiedlichsten Gläsern und Dosen standen. Dazu eine große Arbeitsfläche unterhalb des Fensters, ein moderner Ofen und ein riesiger Kühlschrank. Mehl, Butter, Zucker und Eier standen schon bereit, um langsam Zimmertemperatur anzunehmen. Das alles machte richtig Lust, sofort loszulegen.

Sie hatte zwar immer noch ein wenig das Gefühl, sich Ludwig Johannsen aufzudrängen. Doch das war sicher Unsinn. Er hätte sie nicht eingeladen, wenn sie ihn bei der Arbeit stören würde. Sie sollte ihre Schüchternheit und das schlechte Gewissen ablegen. Entschlossen legte sie den Mantel ab, hängte ihn nach nebenan, wusch sich die Hände und zog die Schürze über, die er ihr gegeben hatte.

Von vorn drangen gedämpfte Wortfetzen zu ihr. Offenbar wollten die Kunden Kuchen zum Mitnehmen kaufen. Ludwig würde gleich zurück sein. Sie nahm ein Glas mit Vanilleschoten aus dem Regal, öffnete es und roch daran. Dann stellte sie es wieder zurück, ließ die flache Hand über die kühle glatte Arbeitsfläche gleiten, betrachtete die hochwertigen Küchenutensilien. Eine Schale mit Marzipan stand bereit. Es strömte einen zarten Duft von Bittermandel und Rosenwasser aus.

Vorn klingelte das Glöckchen, als die Kunden das Café verließen, und Ludwig Johannsen kehrte in die Küche zurück. Er sah, wie Luise das Aroma der Marzipanrohmasse einsog.

»Da haben Sie schon die wichtigste Zutat entdeckt.«

»Sie machen Ihr Marzipan aber nicht selbst, oder doch?«

»Nein, das würde ich nicht schaffen. Früher schon, da habe ich das gemacht. Heute bekomme ich die Rohmasse von einem Lübecker Produzenten. Die Qualität ist großartig. Sogar noch besser, als wenn ich es selbst machen würde. Probieren Sie.«

Luise brach ein kleines Eckchen ab und naschte davon. Es schmeckte köstlich. Die Mandelblüte auf Gran Canaria kam ihr in den Sinn, die sie und Hubert bei einem Winterurlaub ganz zufällig entdeckt hatten. Diese weiß und rosa leuchtenden Bäumchen, die zwischen zartgrünen Sträuchern und Pflanzen standen, all das Leben, das nach den Winterregen im Bergmassiv spross. Sie waren zu Fuß hoch oben im zerklüfteten Gebirge gewesen, umgeben von Nebel und Wolkenbänken, die plötzlich auseinanderfielen, den Blick freigaben auf Berghänge und tiefe Täler, sich dann wieder zuzogen und alles in heller, traumartiger Watte verschwinden ließen. Sonnenstrahlen, sich brechendes Licht, Felsen, Dunst und immer wieder das leuchtende Rosa der Mandelblüte. In dieser Märchenwelt glaubten sie zu begreifen, woher der Glaube an Elfen kam, der bei den Inselvölkern entstanden war. Sie und Hubert waren ergriffen von der Einzigartigkeit ihrer Umgebung. Standen in einer Umarmung verschmolzen am Rande eines Canyons, hielten einander und schauten.

»Und was sagen Sie? Wie schmeckt Ihnen das Marzipan?«

Luise versuchte, die Erinnerung abzuschütteln.

»Gut. Sehr gut.«

»Ich finde, es ist besser als das von Niederegger. Aber da gehen die Meinungen auseinander. Also, ich habe mir überlegt, wir machen das so: Ich erkläre Ihnen, wie man die Baumkuchen-Punschtörtchen macht, und Sie übernehmen. Das wäre mir wirklich eine große Hilfe. Dann könnte ich mich währenddessen um mein Kindjestüch kümmern. Da brauche ich nämlich dringend Nachschub. Die Grundlage für die Punschtörtchen ist ein einfacher Baumkuchen. Damit kennen Sie sich bestimmt aus?«

»Natürlich. Baumkuchen habe ich schon oft gemacht. Allerdings mit Marzipan im Teig. Sie nehmen Rum und Vanille, sehe ich?«

»Ja, das fügen Sie einfach mit der Butter hinzu. Es gibt dem Ganzen eine vollere Note, finde ich. Und es passt vom Aroma gut zur Punschschicht, die später dazukommt. Was das Marzipan angeht, machen wir am Schluss eine ordentliche Decke. Das kommt nicht zu kurz. Ich zeige Ihnen, wo Sie alles finden.«

Und so machten sie sich an die Arbeit. Ludwig war ein angenehmer Küchenkollege, der beim Backen viel Ruhe ausstrahlte. Er störte sie nicht, wurde nicht hektisch, schien ganz im Flow zu sein und konnte dennoch jederzeit umschalten und sich Luise widmen. Er kümmerte sich um seinen Rührteig, während Luise Eier und Zucker zu einer Creme schlug.

Zu ihrer Überraschung gelang es ihr ebenfalls, ganz in der Arbeit zu versinken. Fast so, als wäre sie bei sich zu Hause. Sie konnte entspannen. Vergessen, wo sie war. Sich im Schlagen der Eier verlieren und beglückt der Metamorphose der Zutaten zu einem köstlichen Teig zusehen.

»Sie waren also mit Ihrem Mann schon einmal hier?«, fragte Ludwig. »Vor, was haben Sie gesagt, wie vielen Jahren?«

»Vor neun Jahren.«

»Stimmt. In dem Jahr, in dem ich das Café eröffnet habe.«

»Es war ungefähr zu dieser Zeit, kurz vor Weihnachten. Wir haben das Café ganz zufällig entdeckt, als wir durch die Altstadt spaziert sind.«

»Dass Sie sich nach so vielen Jahren überhaupt noch daran erinnern können! Mein Laden ist schließlich nicht gerade eine der Hauptsehenswürdigkeiten in Lübeck.«

Luise lachte. Wie könnte sie das vergessen! Dieses kleine wunderbare Café hatte einfach perfekt zu dem Tag und zu ihrer Stimmung gepasst. Es war der ideale Ort für sie.

»Wir waren auf dem Weg von Berlin nach Hamburg, als Hubert auf die Idee kam, von der Autobahn abzufahren, damit wir Lübeck einen Besuch abstatten. Wir waren noch nie hier gewesen, müssen Sie wissen, wir beide nicht. Aber Hubert hatte gerade ›Buddenbrooks‹ gelesen, daher kam die Idee.« Sie lachten. »Es war ein wunderschöner Wintertag, und ohne damit zu rechnen, ganz unvermutet, verbrachten wir eine so besondere Zeit, dass wir sie nie vergessen würden.«

Es war nicht nur wegen Lübeck und der vielen Lichter gewesen. Auch nicht wegen der Weihnachtsmärkte oder der Schauplätze aus den »Buddenbrooks«. Vielleicht ein bisschen, aber … Sie waren in dieser seltsamen Stimmung gewesen. Als bewegten sie sich in einem Traum.

»Es war wie eine gestohlene Zeit, nur für uns«, sagte Luise. »Als wären wir losgelöst vom Rest der Welt. Es gab kein Hetzen, keine Termine, nichts war geplant. Wir ließen uns einfach treiben, dieses eine Mal im Leben. Genossen die Zeit. Die Schönheit der Altstadt, die weihnachtliche Atmosphäre.«

»Keiner wusste, wo Sie sich aufhalten«, sagte Ludwig.

»Nein. Keine Menschenseele.«

»Sie hatten den Tag nur für sich.«

»Wir mussten es niemandem recht machen, konnten uns ganz um uns selbst kümmern.«

Wieso nur, fragte sie sich, hatten sie sich solche Momente der Zweisamkeit nicht häufiger geschaffen? Wieso hatten sie ihr gemeinsames Leben nicht mehr genossen? Es wäre ganz einfach gewesen. Jetzt war es zu spät. So viel Zeit hatten sie für Dinge verschwendet, die gar nicht wichtig waren.

»Es fühlte sich fast wie Flitterwochen an«, sagte sie. »Nach dreißig Jahren Ehe. Und das nur, weil wir spontan von der Autobahn abgefahren sind.«

Sie hätten häufiger von der Autobahn des Lebens abfahren sollen. Nicht nur dieses eine Mal. Luise wandte sich ab, um eine Träne zu verbergen, die wie aus dem Nichts in ihrem Augenwinkel aufgetaucht war. Um sich wieder aufs Backen zu konzentrieren, stellte sie den Ofen zum Vorheizen an, nahm ihre Schüssel und gab vorsichtig Mehl durch ein Sieb zum Rührteig.

»Das sind diese Momente, wo man glaubt, die Zeit bleibt stehen«, sagte Ludwig. »Nicht wahr?«

Sie sah auf. Sein Blick wirkte unerschütterlich, die Augen voller Wärme.

»Ja. Von denen gibt es nie genug.«

»Deswegen müssen wir sie zu schätzen wissen.«

»Das müssen wir. Bevor es zu spät dafür ist.«

Sie gab bedächtig eine Kelle mit Teig in die eingefettete Form. Es war die erste Schicht des Baumkuchens, die sie dünn ausstrich. Dann schob sie die Form in den Ofen, damit die hauchdünne Schicht rostbraun werden konnte.

Sie ließ den Blick heimlich zu Ludwig Johannsen wandern. Seltsamerweise fiel es ihr viel leichter, diese Geschichte ihm zu erzählen als ihrer Familie. Nicht einmal Sophia gegenüber war sie so unbefangen, was das Thema anging.

»Wie ging es weiter?«, fragte er, während er mit dem Rührteig fürs Kindjestüch beschäftigt war.

»Wir haben uns geschworen, dass wir zurückkommen«, fuhr sie fort. »Diesmal wollten wir mehr Zeit zur Verfügung haben. Ein paar Tage, ganz für uns allein. In dieser schönen Stadt mit den alten Häusern und den vielen Lichtern und der romantischen Weihnachtsstimmung. Wir wollten hier zusammen Weihnachten feiern. Nur wir zwei. Ohne Verpflichtungen, ohne Stress und ohne die Familie.«

»Ich nehme an, es sollte sein wie dieser eine gestohlene Tag?«

»Ja. Nur ist es nie dazu gekommen.«

»Was ist passiert?«

»Das ist es ja. Gar nichts. Wir haben uns einfach nicht festgelegt. Haben es immer wieder aufgeschoben. Sie wissen ja, wie das ist. Die Kinder sind berufstätig. Meine Schwiegertochter arbeitet im Krankenhaus. Sie brauchten uns. Zum Babysitten, zum Essenmachen, um den Weihnachtsbaum zu holen, irgendetwas zu organisieren. Um für sie da zu sein. Natürlich hätten wir es trotzdem machen können. Wir waren gewiss nicht so unersetzlich, wie wir es uns immer eingeredet haben. Wahrscheinlich nicht. Wir dachten eben, dass wir noch genug Zeit hätten, um das irgendwann einmal zu machen. Es blieb einfach unser schöner Traum, unsere Phantasie.«

Während sie dies erzählte, ließ sie nach und nach, Schicht für Schicht, einen zarten goldbraunen Baumkuchen entstehen. Immer wieder schob sie die Form für zwei Minuten in den Ofen, bis die neue Schicht braun wurde, und holte sie wieder heraus, um eine weitere hauchdünne Schicht darüberzustreichen. Sie machte das wie in Trance, während sie ganz in ihrer Geschichte versunken war.

»Ich wünschte, wir hätten den Traum zusammen in Erfüllung gehen lassen können. Es wäre gar nicht schwierig gewesen.«

Der Duft von Vanille und Karamell erfüllte die Küche, er verstärkte sich mit jedem Mal, dass sie den Ofen öffnete.

»Ich wünschte, er hätte mich begleiten können. Dass ich jetzt nicht allein hier wäre, ohne ihn.«

Nun hatte sie den Kuchen doch für einen Moment vergessen. Ach, Hubert. Wieso haben wir es nur dazu kommen lassen? Ludwig Johannsen holte die Form mit der letzten Teigschicht aus dem Ofen. Er stellte den Kuchen vor ihr ab und lächelte so warmherzig, dass sie sich plötzlich weniger allein fühlte mit ihrer

Trauer. Der Abgrund, der sich vor ihr geöffnet hatte, der ihr so vertraut war von den einsamen Stunden in der morgendlichen Dämmerung, er schloss sich zaghaft wieder. Und Ludwig Johannsen bewahrte sie davor, hineinzustürzen.

»Er sieht toll aus, nicht wahr?«, fragte er.

»Das tut er.«

»Goldbraun und locker. So wie er sein muss.«

»Und wie er duftet. Eine gute Idee, ihn nur mit Rum und Vanille zu machen.«

»Lassen wir den Kuchen ein bisschen auskühlen. Dann gehen wir die Punschfüllung an.«

Das Glöckchen im Café klingelte. Ludwig beäugte Luise, als müsste er sichergehen, sie kurz allein lassen zu können, dann wusch er sich die Hände und machte sich auf den Weg nach vorn.

»Sie können schon mal Gelatine in kaltem Wasser auflösen«, sagte er im Weggehen. »Ich bin gleich wieder da.«

Luise stellte die Backutensilien in die Spülmaschine, wischte die Anrichte sauber und nahm sich die Gelatine vor. Den Wortfetzen nach zu urteilen, ging es den Kunden vorn wieder nur um Törtchen zum Mitnehmen. Dann ging auch schon wieder die Türglocke, es wurde ruhig. Ludwig kehrte mit zwei Tassen duftendem Kaffee zurück in die Küche.

»Das ist jetzt genau das Richtige«, sagte Luise.

»Nicht wahr? Ein schöner kräftiger Kaffee.«

Sie lehnten sich an die Anrichte und tranken. Luise wärmte sich die Hände an der Tasse. Es fiel ihr immer schwer, über Hubert zu reden. Auch wenn Ludwig es ihr leichter gemacht hatte, fühlte sie sich dennoch erschöpft.

»Was macht Ihr Kindjestüch?«, fragte sie.

»Der Teig muss erst einmal ruhen. Er ist im Kühlschrank. Wir können uns gleich an die Punschfüllung machen.«

Luise nahm einen Schluck Kaffee. Er war köstlich.

»Was haben Sie eigentlich vorher gemacht?«, fragte sie. »Bevor Sie dies Café vor neun Jahren eröffnet haben.«

»Sie meinen, in meinem ersten Leben?«

»Genau. Haben Sie bei einem Konditor gearbeitet?«

»Bei einem Konditor?«, lachte Ludwig. »Nein, ganz im Gegenteil. Ich war Sachbearbeiter bei einer Versicherung. Mit vierzehn habe ich da angefangen, und ich war fünfundfünfzig, als ich den Job hingeworfen und mich selbständig gemacht habe.«

»Wirklich? Nach vierzig Jahren? Das war sicher nicht leicht.«

»Es war ein ziemlich großer Schritt. Keiner hat das damals verstanden. Ich hätte nur noch ein paar Jahre aushalten müssen, dann wäre ich ohne Abzüge in den Ruhestand gegangen.«

»Wie kam es, dass Sie es sich anders überlegt haben?«

Sein Lächeln zeigte, dass die Antwort nicht leicht war.

»Das Backen war immer mein Lebenstraum«, begann er. »Im Grunde ist es das heute noch. Ich wollte nie in der Versicherung arbeiten.«

Luise wusste nicht, ob sie weiter nachfragen durfte.

Er wirkte plötzlich so verletzlich. Als hätte sie ein Thema angesprochen, das für ihn etwas sehr Privates war.

»Ohne Ingrid hätte ich diesen Schritt nie gemacht, müssen Sie wissen«, sagte er. »Ingrid, das war meine Frau. Wenn sie damals nicht krank geworden wäre …«

Er wandte sich ab, um Luise nicht ansehen zu müssen. Er holte Zutaten aus dem Kühlschrank. Rumtopffrüchte, Quittengelee, Zitronensaft.

»Sie hatte Krebs«, sagte er in den Kühlschrank hinein. »Ich habe ganz lange gedacht, das sei kein Todesurteil. Es ginge weiter, irgendwie. Man hört doch so viel. Die Medizin macht solche Fortschritte. Ingrid würde überleben.«

Bedächtig gab er die Früchte in eine Rührschüssel. Luise schwieg. Sie wollte warten, bis er von allein weitersprach.

»Die Krankheit war unberechenbar. Heimtückisch. Es ging auf und ab. Immer wieder haben wir neue Hoffnung geschöpft, jedes Mal wurden wir enttäuscht. Es war eine Achterbahnfahrt, über zwei Jahre lang. Wir hatten dunkle, hoffnungslose Stunden und dann Momente voller Zuversicht. Wenn Ingrid mir nicht das Versprechen abgenommen hätte, meine Träume endlich zu leben, zur Not auch ohne sie, dann hätte ich den Job in der Versicherung sicher nicht hingeschmissen. Ich hätte durchgehalten bis zur Rente. Und dann die Füße hochgelegt.«

Er also auch, dachte Luise. Er weiß, wie es ist. Trauer und enttäuschte Hoffnung erfüllten die kleine Küche.

Mit aufgesetzter Fröhlichkeit sagte er: »Es ist unsere Familientradition, wissen Sie. Mein Großvater war Zuckerbäcker hier in Lübeck. Er hat das Handwerk von seinem Vater übernommen.«

»Wirklich? Dann ist Ihnen das in die Wiege gelegt worden.«

»Nicht direkt. Die Bäckerei ist im Weltkrieg den Bomben zum Opfer gefallen. Das Haus, die Werkstatt, der ganze Besitz. Alles war weg. Das war, bevor ich geboren wurde. Mein Vater ist hart geworden im Krieg. Nüchtern und unsentimental. So war diese Generation eben. Er wollte nichts wissen von dem alten Handwerk. Er hat nach dem Krieg Karriere gemacht, war einer derjenigen, die alles wiederaufgebaut und keine großen Fragen ans Leben gestellt haben. Wir hatten ein Haus, später ein Auto, einen Fernseher. Die Familientradition war für ihn *unwies tüch*. Dummes Zeug eben.«

»Aber Sie hätten die Tradition gern weitergeführt, als Sie jung waren?«

»Was weiß man denn schon in dem Alter? Mein Vater wollte, dass ich was Handfestes mache. In die Versicherung gehe, so wie er. Ich fand es gut, Geld zu verdienen. Einen sicheren Job zu haben. So war das mit vierzehn. Das mit dem Backen, das kam erst später. Dann wurde es eben ein Hobby. Auch wenn ich später immer davon geträumt habe, die Familientradition fortzuführen.«

Er pürierte die Rumfrüchte und fügte Quittengelee und Zucker dazu. Dann gab er ein Teil der Masse in einen Topf, um sie zu erwärmen.

»Ich habe Ingrid damit in den Ohren gelegen, die ganzen Jahre über. Mein eigenes Café zu eröffnen. Zu backen. Das zu tun, was ich liebe. Als sie krank wurde, haben Geld und Sicherheit von einem Tag auf den anderen ihre Bedeutung verloren. War es wirklich wichtig, noch sieben Jahre im Job durchzuhalten, um ohne Abzüge in Rente gehen zu können? Das schien alles absurd. Wir haben zu der Zeit oft in den Tag gelebt. Gehofft. Gebetet. Doch es sah nicht gut aus. Wir wussten am Ende, was auf uns zukommt. Ich habe nur noch versucht, für sie da zu sein. So gut ich konnte.«

Er rührte die dampfende Masse und gab Gelatine in den Topf. Ohne Luise anzusehen, sprach er weiter.

»Sie hat mir das Versprechen abgenommen, dass ich meinen Traum verwirkliche. Dass ich meinen Job hinschmeiße und einfach tue, was ich immer tun wollte. Du willst doch backen, hat sie gesagt. Was hält dich noch ab? Es kann von heute auf morgen alles vorbei sein. Das hat uns diese Krankheit gelehrt. Warte nicht, hat sie gesagt. Tu es jetzt. Und das hab ich getan.«

Die Gelatine löste sich geräuschlos auf. Ludwig starrte in den Topf. Mit einem Ruck, als erwachte er aus einem Traum, wandte er sich zum Kuchen und schnappte sich einen Tortenring.

»Jetzt streiche ich die Masse auf den Baumkuchen und lasse sie hart werden«, erklärte er. »Das war es im Grunde schon. Dann kommt nur noch die Marzipandecke. Und die Schokolade natürlich. Haben Sie Lust, etwas Schokolade über Wasserdampf schmelzen zu lassen? Dann ziehen wir ein paar Fäden über das Marzipan.«

Luise sah ihm dabei zu, wie er sich geschäftig an die Arbeit machte. Schließlich nahm sie eine Schüssel, brach Schokolade hinein und hielt sie über den Wasserdampf.

»Hat Ihre Frau das Café noch gesehen?«, fragte sie.

Er hielt wieder inne. »Nein. Nur die Pläne. Sie hatte ein paar Ideen, was die Einrichtung angeht. Aber das eröffnete Café … nein.«

»Es ist immer zu wenig Zeit«, sagte sie und sah der Schokolade zu, wie sie flüssig wurde.

»Ich wünschte, sie hätte es noch erlebt.«

»Sie wäre bestimmt stolz auf Sie gewesen.«

Sie fielen in Schweigen. Stille und Traurigkeit mischten sich mit den Aromen von Marzipan und Schokolade. Ludwig stellte die Törtchen auf ein Gitter, damit Luise sie mit Schokoladenfäden überziehen konnte. Und dann waren die Baumkuchen-Punschtörtchen fertig. Sie sahen genauso aus, wie Luise sie in Erinnerung gehabt hatte. Diese Törtchen hatten Hubert und sie damals gegessen, an ihrem gestohlenen Tag.

Ludwig Johannsen schnitt vorsichtig eines auf und betrachtete es, wobei sich ein Lächeln auf seinem Gesicht abzeichnete. Das Törtchen sah perfekt aus.

»Ich bin gespannt, was Sie sagen.«

Er reichte Luise eine Hälfte und probierte die andere.

»Gut, nicht wahr?«, fragte er.

Luise ließ sich einen kleinen Bissen auf der Zunge

zergehen. Die weiche Konsistenz des Baumkuchens, das Aroma des Rums, das fruchtige Marzipan – sie lächelte ebenfalls.

»Ja«, sagte sie. »Einfach köstlich.«

Kapitel acht

Luise wachte auf, als von draußen Stimmen in ihr Hotelzimmer drangen. Sie kamen vom Lieferanteneingang unter ihrem Fenster. Es wurde gelacht, Flaschen klirrten, ein Motor sprang an. Sie schlug die Augen auf, räkelte sich und zog die Decke ans Kinn. Der winterliche Morgenhimmel färbte sich bereits kobaltblau. Gelbes Laternenlicht fiel durchs Fenster herein. Eine Hupe erklang, die Motorengeräusche entfernten sich, dann wurde es still.

Auf der Fensterbank stand das Foto von Hubert. Er lächelte. Luise lächelte zurück. Einen Augenblick lang genoss sie die Wärme des Federbetts, dann schlug sie die Decke zur Seite, warf sich den Morgenmantel über und trat ans Fenster. Es hatte geschneit. Eine dünne Schneeschicht überzog die Dächer und Gassen. Es sah aus, als wäre alles mit Puderzucker überzogen. Hubert hatte gewusst, wie sehr Luise Neuschnee liebte, besonders in der Vorweihnachtszeit. Sie strich mit dem Finger über das Foto.

»Gib zu, es gefällt dir auch. Du bist selbst ein Romantiker.«

Er lächelte unverändert. Ein Adventsgesteck, das sie auf dem Weihnachtsmarkt erstanden hatte, stand ebenfalls auf der Fensterbank. Daneben eine Tüte mit Kindjestüch und, in Folie eingepackt, ein Baumkuchen-Punschtörtchen, das Ludwig ihr mitgegeben hatte. Eine Weile stand sie da und betrachtete die schneebedeckten Giebeldächer. Am Horizont färbte sich der Himmel rosa und hellblau. Der Tag konnte beginnen. In Frankfurt wäre es schwerer gewesen, sich dem heraufziehenden Tag zu stellen. Hier war es beinahe leicht, dachte sie.

Auf dem Sekretär lag eine Broschüre von Travemünde und dem Ostseestrand. Es war gerade eine Seniorengruppe im Hotel, die heute einen Ausflug dorthin machen würde. Die nette junge Frau an der Rezeption hatte für Luise einen Platz organisiert. Wenn sie Lust habe, könne sie sich einfach anschließen. Sie solle einfach kurzfristig Bescheid sagen, wenn sie mitkommen wolle. Luise war gerührt von dieser Anteilnahme. Die Angestellten im Hotel hatten eine Art sportlichen Ehrgeiz darin entwickelt, sich Programmpunkte für die alleinreisende Dame im Mansardenzimmer auszudenken. Auch wenn Luise sich weder langweilte, noch dass sie nicht genug eigene Ideen gehabt hätte, was sie mit ihrer Zeit anfangen sollte, genoss sie doch diese freundliche Aufmerksamkeit.

Nach dem Frühstück sagte sie den Ausflüglern nach Travemünde jedoch ab. Sie bedankte sich für das Angebot, nur leider habe sie was anderes vor. Dann kehrte sie zurück zu ihrem Zimmer und zog sich warme Stiefel an. Gerade wollte sie nach dem Mantel greifen, da machte sich ihr Handy bemerkbar. Es war Sophia.

»Luise, mein Schatz!«, flötete ihre Freundin. »Ich wollte nur …«

Ein lautes Hupen unterbrach sie, dann war das Schimpfen eines Mannes zu hören.

»Ich fahre ganz normal«, schimpfte Sophia zurück. »Fassen Sie sich an die eigene Nase und nehmen Rücksicht.« Dann war sie wieder am Apparat. »Also wirklich, Leute gibt's …«

»Sophia! Telefonierst du etwa schon wieder beim Autofahren?«

»Ähem … ich bin ganz vorsichtig. Es passiert schon nichts.«

»Das höre ich ja. Du fährst jetzt rechts ran, sonst lege ich sofort auf. Es ist verboten, beim Fahren zu telefonieren, mit gutem Grund.«

Sophia protestierte zwar, fuhr jedoch ran und stellte den Motor ab.

»So. Bist du jetzt zufrieden?«

»Besser.«

»Also gut. Luise, ich muss die ganze Zeit an dich denken. Wie geht es dir da oben im Norden? Ist es nicht inzwischen furchtbar langweilig?«

»Nein, gar nicht. Im Gegenteil. Ich liebe es. Ich habe ein kleines Café entdeckt, das Johannsens. Die Leute da sind sehr nett. Stell dir vor, ich habe sogar schon mit dem Besitzer zusammen gebacken. Wir tauschen Rezepte aus.«

»Du backst mit jemandem?«, lachte Sophia. »Dann scheint wirklich alles in Ordnung zu sein.« Ihr Lachen erstarb jedoch. »Soll ich nicht doch kommen? Ich könnte mich hier jederzeit loseisen. Dann machen wir zusammen Lübeck unsicher.«

»Das ist lieb von dir, aber nicht nötig. Wirklich, ich komme zurecht, glaub mir. Ich fühle mich überhaupt nicht einsam.«

»Also gut. Aber du musst mir versprechen, dass du mich sofort anrufst, wenn du dich doch unwohl damit fühlst, Weihnachten allein zu sein. Ich lasse sofort alles stehen und liegen.«

Luise sah zu Hubert, der von seinem Foto lächelte. Sie hätte Sophia am liebsten umarmt. Sollte noch irgendwo ein bisschen Angst vor der Einsamkeit gewesen sein, dann löste die sich gerade in Luft auf.

»Das verspreche ich. Aber erzähl mal, wie war's denn beim Tanztee?«

»Sag doch nicht immer Tanztee! Es ist eine Disco, ein Tanz-Event. Nur weil da hauptsächlich Leute über sechzig sind, ist das doch nicht gleich ein Senioren-Tanztee! Also wirklich. Nun ja, was soll ich sagen? Du erinnerst dich doch an den pensionierten Zahnarzt, den ich neulich kennengelernt habe? Du weißt schon, Gentleman, groß, alte Schule … Stell dir vor, der war mit einer anderen da!«

»Nicht möglich.«

»Wenn ich es sage! Scharwenzelt rum wie ein verliebter Gockel, eiert mit dieser blöden Kuh über die Tanzfläche, und dann küsst er sie auch noch in aller Öffentlichkeit! Als wären sie vierzig! Kannst du dir das vorstellen? Und mich kannte er natürlich nicht mehr.«

Luise lachte und ließ den Blick über die schneebedeckten Dächer und die rauchenden Schornsteine wandern. Es war schön, mit Sophia zu plaudern und sich ihre Geschichten anzuhören. Doch dann blickte sie auf die Uhr und erschrak.

»O Gott, so spät ist es schon? Ich muss los, Sophia. Können wir später telefonieren? Heute Nachmittag vielleicht?«

»Na klar. Aber was gibt es denn so Dringendes?«

»Das erzähle ich dir dann. Ich habe ein Versprechen gegeben.«

»Klingt geheimnisvoll. Aber gut, dann beeil dich. Wir reden später.«

Luise warf ihren Mantel über und verließ das Hotel. Der zarte Schnee begann schon wieder zu tauen. Schmelzwasser tropfte von Dächern und Torbogen, das Kopfsteinpflaster war gefährlich rutschig. Sie eilte durch die engen Gassen hinauf zum Burgkloster. Der kleine Weihnachtsmarkt hatte gerade geöffnet, aber noch waren kaum Besucher vor Ort. Die Schausteller waren dabei, Glühwein zu erhitzen, Mutzen vorzubereiten, die Auslagen zu bestücken. Nur Ludwigs Hütte war bereits fertig für den Tag. Keksdosen und -tütchen funkelten im bunten Licht, üppig und einladend präsentiert. Die Melodie von *Jingle Bells* schwappte durch die Marktgassen.

Eva erwartete Luise bereits. Sie stand ungeduldig neben der Hütte und trat frierend auf der Stelle. Als sie Luise kommen sah, breitete sich ein entspanntes Lächeln auf ihrem Gesicht aus.

»Da sind Sie ja, guten Morgen!«

»Ich bin ein bisschen zu spät, tut mir leid.«

»Unsinn. Ich kann Ihnen gar nicht sagen, wie dankbar ich bin, dass Sie heute einspringen können.«

»Das mache ich doch gern. Und es ist ja nur für ein paar Stunden.«

»Ich könnte Sie küssen. Mein Prof hat mir diesen Termin reingedrückt, da muss ich einfach hin. Maren kann heute nicht, und Ludwig ist in Hamburg beim Großhändler. Und wenn ich dem Prof heute absage, kann ich meine Facharbeit vergessen.«

»Gehen Sie schon. Ich übernehme.«

Eva schnappte sich ihre Tasche, und am liebsten wäre sie gleich losgelaufen. Doch trotz aller Unruhe zwang sie sich, Luise noch einmal zu fragen: »Und Sie sind ganz sicher, dass Sie sich das antun wollen?«

»Aber ja doch«, lachte Luise. »Ich komme klar. Ich bin ein großes Mädchen. Und jetzt weg mit Ihnen.«

Das ließ sich Eva nicht zweimal sagen. Sie winkte erleichtert und hastete davon. Luise trat in den Holzstand. Der Gasofen brannte bereits, und auf einer Tafel waren Preise und Angebote angeschrieben. Kasse und Quittungsblock lagen bereit. Sie stellte sich in Position und holte Luft. Sie war ein bisschen aufgeregt, obwohl das natürlich unnötig war. Von draußen wehten Bigband-Klänge herüber, und eine warme Männerstimme begann zu singen: *The weather outside is frightful*. Und tatsächlich wirbelten wieder einzelne Schneeflocken durch die Luft. *Let it snow, let it snow*, summte Luise mit.

Eine ältere Dame tauchte am Stand auf. Sie war groß und hager, trug einen offenkundig teuren Mantel und strahlte mit ihrer Haltung und leicht gekräuselten Lippen eine typische hanseatische Distanz aus.

»Machen Sie die Zimtsterne selbst?«, fragte sie.

»Hier ist alles handgemacht. Mit traditionellen Rezepten und regionalen Produkten. Sind Sie aus der Gegend?«

Die Dame blickte Luise konsterniert an, als wäre diese Frage deutlich zu persönlich.

»Ich frage nur, weil Sie dann bestimmt aus Ihrer Kindheit noch Braunen Kuchen kennen. Wir machen den nach alten Rezepten, mit Sirup, Pottasche und Rosenwasser, damit er genauso schmeckt wie früher.«

Luise öffnete ein Tütchen, gab Braunen Kuchen auf ein Tellerchen und reichte es der Dame zum Probieren. Die Ablehnung der Frau bröckelte sichtlich. Sie biss ein winziges Stück ab, dann hellte sich ihr Gesicht auf.

»Sie haben recht, genauso hat der früher geschmeckt. Sie kennen sich aus mit dem Backen. Ich nehme zwei Tüten davon. Oder geben Sie mir drei.«

Luise hätte platzen können vor Stolz. Sie hatte einer Norddeutschen Braunen Kuchen verkauft und galt noch dazu in deren Augen als Kennerin.

Innerhalb kurzer Zeit hatte sie jede Menge Tütchen verkauft. Sie spürte die Kälte kaum, dazu hatte sie viel zu gut zu tun. Irgendwann rief Ludwig von unterwegs an.

»Es tut mir so leid, dass wir dich damit belästigen«, begrüßte er sie. Am vergangenen Tag hatten sie sich auf das Du geeinigt. Es klang immer noch etwas ungewohnt, doch fühlte es sich für Luise gut an. »Es war

Evas Idee, dich zu fragen. Ich hab ihr gesagt, sie soll dich in Ruhe lassen. Aber du kennst ja Eva. Sie hatte schon alles geklärt, ehe ich überhaupt Stopp sagen konnte.«

»Das mach ich doch gern. Es freut mich, dass ich helfen kann.«

»Ich lasse mir auf jeden Fall etwas einfallen, wie ich das wiedergutmachen kann.«

»Das musst du nicht. Es macht mir ehrlich Spaß.«

»Kommst du denn mit allem zurecht? Wenn du etwas brauchst, sag einfach Bescheid. Ich bin in einer guten Stunde wieder in Lübeck.«

»Ich bräuchte noch Braunen Kuchen, der ist aus. Und vielleicht auch Spekulatius.«

Überraschtes Schweigen am anderen Ende.

»Ludwig? Bist du noch da?«

»Brauner Kuchen? Wir hatten doch noch drei Kilo am Stand. Und auch Spekulatius waren heute Morgen noch massenhaft da. Hast du etwa alles verkauft?«

Luise grinste breit. »Die Leute reißen mir das halt aus der Hand. Ich kann gar nichts dafür.«

Sie wollte nicht angeben, musste jedoch zugeben, dass ihr das Verkaufen zu liegen schien.

»Ich bin beeindruckt, Luise. Ich beeile mich. Brauner Kuchen und Spekulatius also.«

»Und Dominosteine, wenn du noch welche hast.«

Er lachte. »Du bist unglaublich. Bis gleich.«

Luise steckte das Handy weg und blickte sich zufrieden um. Dann zog sie aus den Kisten unterhalb der Verkaufsfläche ein paar Tüten mit Kindjestüch hervor, um Lücken in der Auslage zu füllen.

»Sind Sie eine neue Aushilfe?«

Eine Frau mit kurzen grauen Haaren und beiger Windjacke war vor dem Stand aufgetaucht. Luise wunderte sich über den schroffen Ton. Sie hatte nicht einmal guten Tag gesagt.

»Nein, bin ich nicht. Das heißt, ja, ich helfe schon aus, aber nur für heute. Die jungen Frauen, die sonst hier stehen, sind verhindert.«

»Ich weiß. Ich bin die Mutter von Maren. Ich dachte, Eva würde heute am Stand sein.«

»Sie musste zur Uni. Deshalb bin ich eingesprungen.«

»Sind Sie … eine Freundin von Ludwig?«

So wie sie das aussprach, klang es irgendwie zweifelhaft. Außerdem meinte Luise, die Neugierde der Frau regelrecht auf der Haut zu spüren.

»Ich backe gern, das ist alles.«

»Verstehe.«

»Ich habe einen Back-Blog und tausche mich im Internet mit vielen Leuten aus. Daher auch mit Ludwig.«

Sie wusste nicht, weshalb sie sich verteidigte. Und dazu auch noch log, was den Blog anging. Das alles ging diese Frau ohnehin nichts an.

»Nun ja. Maren ist morgen wieder da. Die Mädels sind ja in dieser Saison besonders gern dabei. Es ist schließlich die letzte.«

»Was meinen Sie damit?«

»Ach, das wissen Sie nicht?« Die Frau lächelte überlegen. Als würde es ihr gefallen, dieser unbekannten Freundin Ludwigs etwas vorauszuhaben. »Das Café wird doch geschlossen. Ich glaube kaum, dass Ludwig danach den Stand auf dem Weihnachtsmarkt weitermachen wird.«

»Das Café wird geschlossen? Weshalb denn?«

Es war Luise egal, ob die Frau es genoss, wie ahnungslos sie war. Sie wollte einfach wissen, was los war.

»Wegen der Kosten. Der Hausbesitzer ist gestorben, müssen Sie wissen. Die Miete für den Laden war bisher extrem günstig, musste sie auch sein. Mit den vier Tischchen, die Ludwig hat, war es ja schon schwer genug, das Café zu halten. Vielleicht hätte Ludwig noch ein paar Jahre geschafft, aber auf Dauer war das Konzept zum Scheitern verurteilt.«

»Man kann doch nicht einfach so die Miete erhöhen. Da gibt es noch Verträge und Bestimmungen.«

»Das schon. Aber der Vertrag läuft aus. Und der ganze Komplex soll zu einem Konzepthotel umgebaut werden. So eine Mischung aus Luxus und Mittelalterromantik. Halt so ein Fünf-Sterne-Ding mit besonderem Flair. Es wird eben alles schicker, auch hier in Lübeck. Wer nicht mithalten kann, muss gehen.«

Luise versuchte, sich ihre Betroffenheit nicht anmerken zu lassen.

»Was wird Ludwig denn machen? Zieht er nicht in ein neues Ladenlokal um?«

»Wohl kaum. Dazu müsste er investieren. Die Küche zum Beispiel gehört ihm gar nicht. Sein alter Vermieter hat sie ihm gestellt. Der fand die Idee mit dem Café eben toll, und es ging ihm nicht so sehr ums Geldverdienen. Das ist jetzt mit dem Erben anders. Ludwig würde nirgendwo anders eine so günstige Miete zahlen können, das ist sicher. Und dann müsste er viel Geld in die Hand nehmen, um alles einzurichten. Das rentiert sich doch im Leben nicht. Nein, er geht in den Ruhestand. Alt genug ist er. Vielleicht ist es das Beste für ihn.«

Luise bezweifelte das. Der Laden war schließlich Ludwigs Leidenschaft. Und so alt war er noch nicht.

»Sind die Braunen Kuchen aus?«

»Ja, ist alles verkauft.«

»Dann geben Sie mir ein Tütchen mit Vanillekipferl. Ich brauche ein Mitbringsel für meine Friseurin. Ich hab gleich den letzten Termin in diesem Jahr.«

Luise packte die Kekse ein und kassierte. Sie war völlig verwirrt. Ludwig musste also dichtmachen. Und dieses kleine Café, in das sie sich so verliebt hatte, würde aus Lübeck verschwinden.

»Er ist eben kein Geschäftsmann, unser Ludwig«, sagte die Frau. »Es musste früher oder später so kommen.«

Luise gab ihr die Kekse und lächelte geschäftsmäßig.

»Nun ja. Ludwig wird sicher etwas einfallen.«

»Mag sein«, sagte Marens Mutter und steckte das Tütchen ein. »Er muss sich nur beeilen. Ende Januar ist alles vorbei. Dann muss Ludwig schließen.«

Kapitel neun

War Onkel Ludwig schon da?«

Eva stand keuchend vor dem Stand. Sie sah aus, als wäre sie den ganzen Weg von der Uni hierher gelaufen.

»Nein, er steckt im Stau fest.«

»Ein Glück. Dann tun wir so, als wäre ich nach einer Stunde wieder da gewesen. Was halten Sie davon?«

Luise lachte. »Ich soll Ludwig anlügen?«

»Besser wäre es. Für mich jedenfalls. Tut mir leid, dass es beim Prof so lange gedauert hat.«

»Ach, es hat mir Spaß gemacht.«

»Aber jetzt sind Sie durchgefroren, oder nicht? Sooo toll ist es eben doch nicht, den ganzen Tag in der Kälte zu stehen, habe ich recht?«

Luise war tatsächlich ziemlich ausgekühlt. Wenn sie warme Strumpfhosen und einen Nierenwärmer gehabt hätte, wäre es etwas anderes gewesen. Sie war eben nicht gut genug vorbereitet gewesen.

»Hier, ich habe Ihnen eine Tüte Mutzen mitgebracht. Sie sind doch so interessiert am Backen und daran, was typisch ist für den Norden. Mutzen sind es auf jeden Fall.«

»Das ist nett von Ihnen. Die habe ich tatsächlich noch nie probiert.«

Es war ein einfaches, krapfenartiges Quarkgebäck, in heißem Fett frittiert und mit Puderzucker bestreut. Luise ließ sich eine schmecken, dann kam sie auf die Neuigkeit zu sprechen, die sie erfahren hatte.

»Stimmt es, dass Ludwig sein Café schließen muss? Eine Kundin hat mir das erzählt.«

Luise wollte unbedingt mehr darüber wissen. Sie war froh, Eva darauf ansprechen zu können. Ludwig gegenüber hätte sie das Thema eher vermieden. Eva machte sofort ein Gesicht, als hätte sie auf eine Zitrone gebissen.

»Sprechen Sie Onkel Ludwig auf keinen Fall darauf an.«

»Das hatte ich auch nicht vor. Dann stimmt es?«

»Ja. Er muss dichtmachen. In einem Monat schon. Er hat noch keine Vorbereitungen getroffen. Tut so, als würde es immer weitergehen. Aber Ende Januar ist es vorbei.«

»Verdrängt er es einfach?«

»Ich weiß nicht. Im Moment arbeitet er noch rund um die Uhr. Wegen des Weihnachtsgeschäfts. Aber das kennen wir ja. Er arbeitet ohne Ende, ohne zu jammern oder sich zu beschweren. Im Januar wird es dann nicht mehr zu leugnen sein.«

»Denken Sie denn, dass er wirklich in Rente gehen wird?«

»Ich weiß nicht. Manchmal denke ich, es wird höchste Zeit, dass er kürzertritt. Er sollte auch mal an sich denken und sich ausruhen. Aber … für ihn ist es ein Alptraum, das ist einfach so. Ich glaube, Onkel Ludwig möchte arbeiten, bis er tot umfällt.«

Eva kam in den Stand und wärmte sich am Öfchen.

»Vielen Dank, wirklich«, sagte sie. »Was haben Sie heute noch vor? Schon Pläne?«

»Nein. Mal sehen, vielleicht gehe ich ein bisschen spazieren. Heute Abend singt ein Bach-Chor in der Marienkirche. Den würde ich mir gern anhören. Aber bis dahin …« Lachend sagte sie: »Vielleicht lege ich mich in die Wanne und wärme mich auf.«

»Machen Sie das! Viel Spaß dabei! Und hier, vergessen Sie ihre Mutzen nicht.«

»Oje. Ich muss langsam wirklich aufpassen, dass ich nicht zu sehr zunehme mit all diesen süßen Verlockungen.«

»Ach, Unsinn. Sie sehen super aus. Außerdem: Onkel Ludwig mag Frauen mit Kurven.«

Luise lief knallrot an. Als wäre sie ein Teenager. Sie ärgerte sich furchtbar über sich selbst, konnte aber nichts dagegen tun. Mit einer gestammelten Verabschiedung nahm sie die Mutzen und huschte davon. Was sollte Eva jetzt nur von ihr denken?

Auf dem Weg zurück zum Hotel passierte sie den Koberg, einen schönen alten Marktplatz, der flankiert war vom Heiligen-Geist-Hospital im Stil der Backsteingotik und der alten Seefahrerkirche St. Jakobi. Auf dem Koberg gab es den maritimen Weihnachtsmarkt mit einem Riesenrad, von dem aus man sicherlich eine großartige Aussicht auf die Stadt hätte. Doch das wollte Luise sich für später aufheben.

Sie hatte den Koberg bereits hinter sich gelassen,

als ihr einfiel, was sie über die Seefahrerkirche gelesen hatte. Jedes Jahr zur Weihnachtszeit sollten dort lebensgroße Papierengel im Turm schweben. Kurzentschlossen kehrte sie um und betrat St. Jakobi. Die Gemeinde hatte einen Stand aufgebaut, wo Punsch gereicht wurde. Ein paar Gläubige standen beisammen und plauderten. Luise grüßte freundlich und trat in den Turm. Ein weißes, hohes und stilles Gewölbe, das von der jahrhundertelangen Vergangenheit zeugte. Sie legte den Kopf in den Nacken, und tatsächlich, ganz in Weiß, lebensgroß, mit langem Kleid, mit Flügeln und Schalmei, erschien ein Engel. Er schwebte lautlos über ihren Kopf, transparent und federleicht. Da war auch ein zweiter, er schwebte im Kreis unter dem Turmboden, still und erhaben. Das Bild der Engel ließ Luise augenblicklich zur Ruhe kommen. Sie verharrte und wünschte, Hubert wäre bei ihr.

»Trinken Sie einen Wunschpunsch«, forderte ein junger Mann sie auf, als sie zum Turmeingang zurückkehrte. Offenbar ein Mitglied der Gemeinde. Ein bärtiger junger Mann in Jeans und Cordjacke.

»Was hat es damit auf sich?«, fragte sie.

»Zuerst einmal ist er heiß und lecker. Was nicht verkehrt ist bei dem Wetter draußen, oder?«

»Nein, ganz sicher nicht.«

»Und dann können Sie, während Sie den Punsch trinken, einen Adventswunsch auf ein Wunschkärtchen schreiben. Sie falten es zusammen und legen es dort in das Becken, und am Adventssonntag wird der Wunsch in einer kleinen Zeremonie Gott anvertraut. Und wir beten für seine Erfüllung.«

Luise fand die Idee wundervoll und nahm einen Punsch. Er schmeckte tatsächlich großartig, und sie spürte nach einer Weile sogar ihre Zehen wieder. Doch was den Wunsch betraf, war sie ein wenig ratlos. Schließlich konnte sie sich nicht wünschen, dass Hubert bei ihr wäre. Die Toten konnte kein Wunsch der Welt zurückbringen. Und alles andere, was man sich wünschen konnte, glaubte sie bereits zu haben. Sie hatte sich ihren Traum erfüllt, zu Weihnachten hierherzukommen. Das Versprechen, das sie und Hubert sich gegeben hatten. Sie war nun in Lübeck und so glücklich, wie sie es unter diesen Umständen nur sein konnte. Es gab nichts, das sie sich da noch wünschte. Es sei denn …

Sie nahm den Kugelschreiber, den der junge Mann ihr gab, und schrieb auf die Karte: *Ich wünsche Ludwig alles Gute für die Zukunft. Und Glück, sollte er seinen Laden noch haben oder nicht.*

Dann faltete sie die Karte zusammen und gab sie in ein altes Taufbecken.

»Ich hoffe, der Wunsch geht in Erfüllung«, sagte sie zu dem jungen Mann.

»Das tut er bestimmt«, meinte der fröhlich. »Ich bin mir ganz sicher.«

Zurück auf der Straße atmete sie die frostige Luft ein. Nun, da sie sich wieder aufgewärmt hatte, wollte sie nicht mehr zurück ins Hotel. Also spazierte sie wieder drauflos, kreuz und quer durch Gassen und Gänge. Dabei hielt sie nach leerstehenden Ladenlokalen Ausschau. Sie wusste zwar, dass Ludwig sich keine neue Küche würde leisten können, von den anderen

Umbauten ganz zu schweigen, aber sich umzusehen kostete ja nichts. Ein bisschen träumen und phantasieren konnte keinem schaden.

In einem Fachwerkhäuschen, das leer stand, war es kein Ladenlokal, sondern eine Wohnung, die zu vermieten war. Auf einem Schild stand die Nummer eines Maklerbüros. Luise betrachtete das gedrungene Häuschen mit den schweren Türbalken und den niedrigen Decken ganz verliebt. Wie es wohl wäre, in dieser Stadt zu leben?, fragte sie sich. Wie würde es sich anfühlen? Die Voigts aus ihrer Straße hatten ihr Haus verkauft, um nach Teneriffa zu ziehen. »Was hält uns hier?«, hatte Herr Voigt zu Luise gesagt. »Wir sind frei und können gehen, wohin wir wollen. Warum sollen wir unseren Lebensabend nicht einfach genießen?« Und mit einem Zwinkern hatte er hinzugefügt: »Und bei den Immobilienpreisen in Frankfurt sind wir regelrecht reich geworden mit dem Verkauf. Es ist kaum zu glauben.«

Nachdenklich spazierte Luise weiter. Jetzt hielt sie nicht mehr nur nach Ladenlokalen Ausschau, sondern fragte sich bei jedem hübschen Häuschen: Und wie wäre es, hier zu wohnen? Oder dort?

An einer Straßenecke stolperte sie erneut über einen Winterjasmin. Er stand an einer Hauswand am Durchgang zu einem Hinterhof. Auch der hier sah bedeutend besser aus als der bei ihr zu Hause, musste sie feststellen. Er gehörte zu einem getünchten Barockhaus mit geschwungenem Giebel. Sie fragte sich, ob sie es übers Herz bringen würde, Huberts Jasmin zu entsorgen, wenn er auch im nächsten Jahr nicht mehr austreiben würde? Sie betrachtete das getünchte Haus – und musste auflachen: Im Fenster waren Immobilienangebote ausgehängt. Hier hatte ein Makler seinen Sitz. Zufälle gab es, dachte sie, trat interessiert näher und studierte die Angebote im Fenster. Jedoch hingen dort nur Objekte aus den Vororten von Lübeck und keine Wohnungen aus der Altstadt auf der Traveinsel.

»Interessieren Sie sich für ein Objekt?«

Eine elegante Frau, die Luise auf Mitte vierzig schätzte, war hinter ihr aufgetaucht. Sie trug hochhackige Schuhe und einen viel zu dünnen Mantel, der nicht zugeknöpft war und den Blick auf ein beigefarbenes Kostüm und eine teure Perlenkette freigab. Im Arm hielt sie eine Aktentasche und einen dicken Schlüsselbund.

»Nein. Ich bin nur zu Besuch. Ich habe mich einfach ein bisschen in die Stadt verliebt.«

»Und jetzt überlegen Sie, ob Sie nicht vielleicht doch herziehen wollen?«

»Vielleicht.« Luise lachte. »Ich spinne nur ein bisschen herum. Ich weiß es nicht.«

»Warum sehen Sie sich nicht einfach ein paar Objekte an?«

Die Frau stöckelte zum Eingang, zog ihren Schlüsselbund hervor und machte sich an der geschwungenen Flügeltür zu schaffen.

»Kommen Sie! Ich zeige Ihnen ein paar Immobilien. Da im Fenster hängen nur Sachen, die Sie nicht interessieren dürften. Es gibt aber noch mehr.«

»Dann sind Sie …?«

Luise deutete auf das Geschäftsschild: *Wegner & Partner*.

»Frau Wegner, ganz genau«, sagte die Frau mit einem entwaffnenden Lächeln. »Freut mich.«

Das Schloss sprang auf, und die Tür flog zur Seite.

»Kommen Sie. Es ist furchtbar kalt hier draußen.«

Luise folgte ihr in das modern gestaltete Innere des historischen Gebäudes. Einiges war im alten Stil erhalten, Decken und Dielenböden, auch die Wände. Was die Zeit jedoch nicht überdauert hatte, war behutsam durch moderne Materialien und schlichte Formen ersetzt worden. Alles wirkte sehr elegant und stilbewusst. Wenngleich ein bisschen kühl.

»Sie spielen also mit dem Gedanken, nach Lübeck zu ziehen«, plauderte Frau Wegner drauflos.

»Ja und nein. So einfach ist das nicht.«

»Weil Ihr Mann da ein Wörtchen mitzureden hat?«

»Ich bin Witwe. Schon seit längerem.«

»Was steht dem Plan dann im Weg?«

Sie lächelte so unbefangen, als ginge es um nicht mehr, als sich ein neues Auto zu kaufen. Und nicht, als ginge es darum, ein ganzes Leben auf den Kopf zu stellen. Sie dachte an die Voigts. Die hatten genauso gelächelt, wenn sie von ihren Plänen mit Teneriffa erzählt hatten.

»Es ist eine gute Zeit, um in Lübeck eine Immobilie zu kaufen. Selbst wenn Sie selbst gar nicht herziehen wollen. Lübeck ist im Kommen. Die Gentrifizierung ist noch nicht so weit fortgeschritten wie in Hamburg oder Kiel. Aber die Altstadt ist einzigartig. Es ist nur eine Frage der Zeit, bis auch hier die Preise anziehen werden. Wir sind am Beginn der Entwicklung. Perfekt, um zuzuschlagen.«

Sie zog eine gläserne Tür auf, hinter der sich ein geschmackvoll eingerichtetes Büro verbarg. Es war der Raum, dessen Fenster zur Straße führte.

»Treten Sie doch ein. Setzen Sie sich. Möchten Sie einen Kaffee?«

»Nein, danke. Ich …«

Luise stockte. Mitten im Büro stand eine gläserne Vitrine, die aussah wie aus einem Museum. Und in dieser Vitrine stand – Ludwigs Café. Oder vielmehr das Haus, in dem sich sein Café befand, samt Nebenhaus, Seitenflügel und Hinterhöfen. Ein handhohes Modell der Gebäude, das wirkungsvoll von kleinen Lichtern angestrahlt wurde.

Luise trat verwundert an die Vitrine heran. Sie begriff nicht, was das zu bedeuten hatte. Warum Ludwigs Haus hier ausgestellt war.

»Mein Projekt«, schwärmte Frau Wegner, die sich neben Luise stellte. »Mein ganzer Stolz. Der Komplex wird zu einem Luxushotel umgebaut. Es ist genau das, was in Lübeck fehlt. Die Erschließung der Altstadt für ein zahlungskräftiges Publikum. Den modernen Kästen draußen vor der Stadt fehlt das Typische, ein Alleinstellungsmerkmal. Neubauten mit Luxushotels gibt es überall. Das hier allerdings«, sagte sie und bewegte ihre Hand wie ein Magier über das Modell. »Das gibt es nur in Lübeck. In den Kulissen der mittelalterlichen Gassen werden wir etwas Einzigartiges erschaffen.«

Sie schenkte Luise ein verbindliches Lächeln.

»Sie sehen, es ist eine gute Zeit, um in Lübeck zu investieren. Über kurz oder lang werden hier zahlungskräftige Investoren einfallen, und dann haben Sie den Vorteil, eine der Ersten gewesen zu sein.« Sie wandte sich ihrem Schreibtisch zu, nahm Platz und holte eine Mappe hervor, offenbar mit Angeboten. »Ein idealer Zeitpunkt. Kaufen Sie. Auch wenn Sie sich am Ende dagegen entscheiden herzuziehen. Es ist die perfekte Investition.«

Luise konnte den Blick von dem Modell und Ludwigs Café nicht abwenden. Etwas begriffsstutzig fragte sie: »Haben Sie das verkauft? Waren Sie hier die Maklerin?«

»Nein, nein. Wie gesagt, das ist mein Projekt. Ich habe einen Investor gefunden, der es gemeinsam mit mir umsetzt. Aber es ist allein mein Baby.«

Plötzlich verstand Luise. Sie war die Erbin, von der Marens Mutter gesprochen hatte. Diejenige, die Ludwig vor die Tür setzte, um das Gebäude in luxuriösem Stil auszubauen. Sie hatte das Haus und das Café von Ludwigs ehemaligem Vermieter bekommen.

»Aber was ist mit dem Johannsens?«

Frau Wegner schien nicht zu begreifen.

»Das Café, das in diesem Haus dort ist. Das gibt es schon seit neun Jahren.«

»Wir bauen um, das sagte ich doch. Es soll ein Luxushotel entstehen.«

»Aber … das Café ist einzigartig. Das kann man doch nicht einfach schließen.«

»Einzigartig? Dieser Trödelladen? Waren Sie da schon mal drin? Da sieht's aus wie auf dem Sperrmüll.«

»Für mich ist es ein Stück Lübeck. Etwas ganz Ursprüngliches und Besonderes.«

Frau Wegner lachte. »Es ist wohl kaum eine Touristenattraktion.«

»Und ob es das ist!«, meinte Luise leidenschaftlich. Sie kramte eine Tüte mit gemischtem Gebäck aus der Handtasche, die sie eigentlich den netten Damen von der Rezeption hatte mitbringen wollen, und stellte sie auf den Schreibtisch.

»Das ist handgemachtes, authentisches Weihnachtsgebäck aus der Gegend. Herr Johannsen kommt aus einer alteingesessenen Familie von Zuckerbäckern. Das steht doch für Lübeck wie das Marzipan. Natürlich ist das eine Touristenattraktion. Oder es könnte eine sein, wenn man sich ein bisschen darum kümmert.«

Das makellose Lächeln der Frau bekam etwas Künstliches.

»Sie interessieren sich gar nicht für eine Immobilie«, stellte sie fest. »Hat Herr Johannsen Sie hierhergeschickt?«

»Nein, natürlich nicht. Ich … ich wusste doch gar nicht, wer Sie sind.«

»Dann verstehe ich nicht, was das alles soll. Wieso sind Sie hier?«

»Sie haben mich hereingebeten, wissen Sie nicht mehr? Ich bin zufällig vorbeigekommen. Das ist alles.«

Frau Wegner musterte sie mit kühlen Blicken. Sie glaubte Luise nicht. Hielt alles für ein abgekartetes Spiel.

»Nun, wenn Sie kein Interesse an Immobilien haben …«

Luise verstand. Es war besser, zu gehen. Sie wandte sich zur Tür und steuerte den Ausgang an.

»Nehmen Sie Ihre Kekse mit.«

»Probieren Sie nur«, sagte sie, obwohl sie wusste, dass es sinnlos war. »Das ist schließlich ein Stück Lübecker Geschichte.«

Dann verließ sie das Büro, schloss die Tür hinter sich und trat auf die Straße. Dem Winterjasmin warf sie einen letzten, wehmütigen Blick zu, dann wandte sie sich ab und marschierte entschlossen davon.

Kapitel zehn

Über der Tür klingelte das Glöckchen. Ein Duft von Zimt und Kardamom wehte ihr entgegen. Ludwig war also schon bei der Arbeit. Luise blickte sich in dem winzigen Café um. Alles war so liebevoll eingerichtet. Egal, von welcher Seite sie es betrachtete, sie konnte einfach nichts Trödelhaftes in dem sehen, was Ludwig geschaffen hatte. Im Gegenteil, es war eher ein Zuhause. Ein Ort voller Liebe.

»Luise, da bist du ja!«

Er kam aus der Küche und nahm ihr die Taschen ab.

»Hast du alles dabei?«

»Ja, wir können gleich loslegen.«

»Jetzt ist also Szekler-Kuchen an der Reihe«, stellte er fest, während er Luises Einkäufe begutachtete. »Ich freu mich drauf. Ein Stück Siebenbürgener Weihnachten. Legen wir los. Schließ doch kurz hinter dir ab. Ich mache erst in einer Stunde auf.«

Der Schlüssel steckte von innen. Luise schloss zu und folgte Ludwig in die Küche, wo schon alles vorbereitet war für einen weiteren Backmarathon. Sicher hätte Ludwig alles Nötige für Szekler-Kuchen da gehabt. Doch Luise hatte es selbst besorgen wollen. Schließlich war es ihre Kindheit, die sie ihm nahebringen wollte, und das sollte mit ihren Zutaten passieren.

»Ich muss mich bei dir bedanken, dass du auf dem Markt eingesprungen bist«, sagte Ludwig, während er die Zutaten auspackte. »Du hast uns wirklich den Kopf gerettet. Das Studium soll bei Eva ja vorgehen. Aber wir dürfen den Stand während der Marktzeiten nicht geschlossen lassen. Wir sind vertraglich verpflichtet, ihn zu öffnen, weißt du. Also vielen Dank noch mal.«

»Ach, das hat mir Spaß gemacht. Ich habe das sehr genossen.«

»Trotzdem. Ich muss mir was überlegen, um das wiedergutzumachen.«

»Das ist überhaupt nicht nötig.«

Mit einem Leuchten in den Augen grinste er sie von der Seite an.

»Du bist ein echtes Verkaufstalent«, sagte er. »Was immer du auch vorhast, du darfst niemals bei der Konkurrenz anfangen. Dann können wir unseren Stand dichtmachen.«

»Hör schon auf.« Sie stieß ihm sanft in die Seite. »Ich verspreche: Falls ich jemals Verkäuferin werde, dann nur bei dir.«

»Jetzt kann ich wieder ruhig schlafen.«

Luise schob lächelnd die Zutaten beiseite.

»Wir fangen an mit einem schlichten Mürbeteig«, sagte sie. »Es ist eigentlich ein ganz einfaches Rezept, trotzdem hat es etwas Besonderes.«

Sie nahm eine Schüssel, vermengte Mehl, Zucker und Backpulver, gab die Butter in kleinen Stücken hinzu, schließlich das Eigelb, und begann, den Teig zu kneten.

Ludwig lehnte an der Arbeitsfläche und sah ihr dabei zu.

»Ingrid … du weißt schon, meine Frau. Sie hat immer gesagt: Ich verstehe das nicht. Mürbeteig ist wirklich nichts Besonderes. Es gibt keine geheime Zutat, auf die es ankommt, keine schwierige Technik, gar nichts. Wieso schmeckt er bei mir so gewöhnlich und bei dir irgendwie toll? Was machst du anders als ich?«

»Und was hast du ihr gesagt?«

»Dass ich es auch nicht weiß. Es ist eben so.«

»Es gibt wohl doch eine besondere Zutat, oder?«, meinte Luise und lächelte vielsagend.

»Liebe meinst du?« Er lachte. »Vielleicht. Oder Erfahrung. Geduld. Die richtige Nase. Ingrid war viel zu ungeduldig. Sie hat nebenher den Fernseher laufen lassen. Sie hat sich nie richtig aufs Backen eingelassen.«

Luise streute ein bisschen Mehl auf die Arbeitsfläche und knetete bedächtig den Teig. Sie dachte an Hubert, der zwar selbst nie gebacken, aber gern bei ihr in der Küche gesessen hatte, um sie dabei zu beobachten. Um mit ihr zu plaudern, Zeitung zu lesen, das noch warme Gebäck zu probieren. Wie kostbar diese alltäglichen Situationen im Nachhinein doch waren.

Sie sah zu Ludwig. Der schien ebenfalls mit den Gedanken bei seiner Frau zu sein.

»Hast du manchmal das Gefühl, dass sie noch da ist?«

»Ingrid? Ich weiß nicht. Es gibt Momente, da weiß ich genau, was sie gesagt hätte. Dinge, die sie lustig gefunden oder über die sie sich furchtbar aufgeregt hätte. Wir kannten uns in- und auswendig. So gesehen ist sie manchmal tatsächlich noch da. Ich weiß einfach, was sie in diesem Moment tun oder denken würde. Womit ich sie in bestimmten Situationen zum Lachen bringen könnte. Wieso fragst du?«

»Ich habe das Gefühl, dass Hubert noch da ist. Auf gewisse Weise. Natürlich nicht wirklich. Er ist tot, das weiß ich. Aber ich spüre noch seine Nähe. Als würde er auf mich aufpassen. Mich nicht ganz allein lassen wollen.«

»Ich weiß, was du meinst. Es ist manchmal, als … ich weiß nicht, wie ich es sagen soll. Als wären Fenster in der Zeit offen, durch die wir uns die Hand reichen können. Als wären die, die fort sind, tot und doch gleichzeitig immer noch lebendig. Als wäre die Zeit durchlässig.«

»Ja, Fenster in der Zeit …«

Wenn man nur hindurchsteigen könnte. Es gab Tage, da würde sie am liebsten durch ein solches Fenster verschwinden. Dorthin, wo Hubert war. Doch diese Fenster waren nicht wirklich. Sie existierten nur in ihrem Bewusstsein.

Der Geruch von Butter und Zucker stieg ihr in die Nase. Sie hatte den Teig lange genug durchgeknetet. Ein weicher, geschmeidiger Klumpen, der sich bald in einen lockeren goldbraunen Kuchenboden verwandeln würde. Sie gab ihn etwas widerwillig in eine Schüssel und stellte ihn in den Kühlschrank. Wie immer fiel es ihr schwer, den Teig aus der Hand zu geben. Sie könnte stundenlang weiterkneten, den süßen Duft der Zutaten in der Nase. Das war etwas, wovon sie niemals genug bekäme.

»Und?«, fragte Ludwig. »Wie geht es weiter?«

»Mit der Eimasse. Wenn der Teig kalt ist, wird er auf dem Blech ausgerollt und mit bitterer Marmelade bestrichen. Ich habe Schwarze Johannisbeere mitgebracht. Obendrauf kommt dann die Masse. Dafür schlage ich Eiweiß und Zucker schaumig, hebe gemahlene Nüsse und abgeriebene Zitronenschale unter. Das war es im Prinzip schon. Ich sage ja, es ist ein ganz einfaches Rezept. Aber es schmeckt irgendwie besonders.«

»Nach Kindheit?«

»Ja, das auch.«

»Dann bin ich gespannt.«

Ludwig rieb die Zitrone, während Luise das Ei mit dem Schneebesen schaumig schlug. Sie schwiegen. Luise hing ihren Gedanken an die Vergangenheit nach, und irgendwie spürte sie, dass Ludwig darüber nachdachte, wie es passiert sein mochte. Wie Hubert gestorben war. Sie war nicht sicher, ob sie sich stark genug fühlte, es zu erzählen.

Schließlich gab sie sich einen Ruck.

»Er hatte einen Schlaganfall.«

Ludwig nickte. Er schien sich ganz auf die Zitrone zu konzentrieren. Als würde er gar nicht zuhören. Doch sie wusste, dass er ihr nur den Raum geben wollte, den sie für ihre Geschichte brauchte.

»Es war bei uns in der Küche«, fuhr sie fort. »Hubert

war auf die Klappleiter gestiegen, um die frisch gewaschenen Vorhänge aufzuhängen.«

Luise hatte an dem Tag noch eine Torte backen müssen, für eine Freundin aus dem Kartenclub, deren Tochter Geburtstag feierte. Obwohl es ihr an diesem Wochenende eigentlich zu viel gewesen war, hatte sie es nicht übers Herz gebracht, abzulehnen. Sie ärgerte sich, als sie in die Küche kam, weil Hubert noch immer nicht fertig war. Wenn er weiter so rumtrödelte mit den blöden Vorhängen, würde sie diese Torte nie gebacken bekommen. Doch sie kam nicht mehr dazu, sich Luft zu verschaffen. Denn im gleichen Augenblick änderte sich ihr ganzes Leben.

»Da war ein kurzer Moment, in dem er mich angesehen hat, weißt du? In seinen Augen lag Überraschung. Und Schmerz. Dann war es, als würde er mich gar nicht mehr erkennen. Er wankte oben auf der Leiter.«

Es war alles so schnell gegangen. Sie hatte gar nicht begriffen, was passierte. War unfähig gewesen, sich zu bewegen. Oder einen klaren Gedanken zu fassen. Hatte einfach dagestanden und zu ihm aufgestarrt.

»Er ist von der Leiter gefallen. Von den Sprossen abgerutscht und umgekippt. Als er auf dem Küchenboden lag, war er schon nicht mehr bei Bewusstsein. Ich hab ihn gerüttelt, ihn angeschrien. Ich habe ihm sogar Backpfeifen gegeben. Er sollte aufwachen. Mich ansehen. Etwas sagen.«

Doch nichts geschah. Hubert schien gar nicht mehr anwesend zu sein. Sie wusste nicht, wann sie es geschafft hatte, endlich den Krankenwagen zu rufen. Sie war wie im Nebel gewesen. Es hatte endlos gedauert, bis Hilfe da war.

»Was tut man in so einer Situation? Legt man den Körper in die stabile Seitenlage? Hebt man den Kopf an? Macht man eine Herzmassage?«

Beim Notruf hätten sie ihr Instruktionen geben können, aber das Telefon hatte auf dem Boden gelegen. Sie hatte es einfach weggeschleudert. Ihr war gar nicht in den Sinn gekommen, dass jemand hätte helfen können.

»Ich habe sein Gesicht in meine Hände genommen und auf ihn eingeredet. Und tatsächlich war er dann noch mal kurz zu sich gekommen. Er hat mich angesehen wie eine Fremde. Das konnte ich nicht ertragen. Ich bin zur Tür gelaufen, raus auf die Straße, dem Notarzt entgegen. Aber alles war leer, nirgendwo ein Krankenwagen, auch kein Martinshorn. Ich bin zurück in die Küche. Hab ihn angefleht, bei mir zu bleiben. Doch er war wieder bewusstlos. Ganz blass und fahl im Gesicht.«

Was hätte sie machen sollen? Wie hätte sie ihn retten können? Wie aus dem Nichts lag nun alles an ihr. Und doch konnte sie nichts tun.

»Am Ende habe ich mich zu ihm gelegt, auf den Fußboden. Ich habe meine Arme um ihn geschlungen, und da lagen wir. Ich habe ihn festgehalten, so gut ich konnte. Lass mich nicht allein, Hubert, habe ich gesagt. Wieder und wieder.«

Eine Träne fiel in das aufgeschäumte Ei. Luise wischte sich mit dem Handrücken über die Augen. Sie atmete durch.

»Er hat noch gelebt, als er ins Krankenhaus kam. Er lag im Koma. Die Ärzte haben was von bleibenden Schäden gesagt, aber ich dachte nur, vielleicht schafft er es. Er schafft es.«

Vier Tage später war er tot. Vier Tage. Er hatte das Bewusstsein nicht wiedererlangt.

»Er …«

Sie stockte. Ludwig, der die Schale der Zitrone geraspelt hatte, blickte auf. In seinen Augen lagen Zuneigung und Traurigkeit. Er wusste, wie es ihr ergangen war. Er hatte das Gleiche erlebt. Sie war unfähig weiterzureden. Doch das war auch gar nicht nötig.

Der süße, frische Duft der abgeriebenen Zitrone breitete sich in der kleinen Küche aus und vermischte sich mit dem Aroma von Zimt und Kardamom. Ludwig berührte sie sacht an der Schulter.

»Sollen wir jetzt den Teig ausrollen?«, fragte er.

Sie nickte. Er öffnete den Kühlschrank, nahm den Teig heraus und gab ihn auf das Blech.

»Er war bestimmt ein besonderer Mensch«, sagte er. »Ich hätte ihn gern kennengelernt.«

»Du hättest ihn gemocht. Da bin ich ganz sicher.«

»Mache ich das richtig mit der Marmelade?«

»Ja, genau. Nur ganz dünn auftragen.«

Luise nahm den Eischaum, schichtete ihn auf die Marmelade, die Ludwig auf den Teig gestrichen hatte, und stellte das Blech anschließend in den Ofen. Nun konnte der Szekler-Kuchen backen.

»Ich wünschte nur, wir hätten die Reise hierher gemeinsam unternommen«, sagte sie. »Hubert und ich. Unser perfektes Weihnachten zu zweit.«

Ludwig lächelte einfach. Es war so leicht, ihm alles zu erzählen. Das hatte sie noch nie bei jemandem erlebt.

»Was wirst du Heiligabend machen?«, fragte er. »Hast du Pläne?«

»Ich werde in den Dom gehen, zur Christvesper. Danach höre ich im Radio das Weihnachtsoratorium. Zünde eine Kerze an, koche mir einen Tee. Vielleicht lese ich ein Buch. Ich werde es mir jedenfalls ganz gemütlich machen.«

»Und wird es dir nichts ausmachen, allein zu sein?«

»Ich glaube nicht. Beinahe freue ich mich darauf. So wollten wir es zu zweit machen. Es ist Weihnachten in Lübeck. Ich … ich denke also, dass ich das schaffen werde.«

»Verstehe. Trotzdem. Falls du dir nicht sicher sein solltest … Heiligabend könntest du auch bei mir verbringen. Es geht immer lustig zu bei uns. Ich feiere mit meiner Schwester und ihren Kindern. Eva kennst du ja schon. Wir essen gut, trinken Feuerzangenbowle, erzählen uns Geschichten. Überleg es dir einfach. Bei uns am Tisch ist immer ein Platz für dich frei.«

Luise wollte sofort ablehnen. Sagen, dass es gar nicht in Frage käme und sie auf keinen Fall stören wolle. Doch Ludwig strahlte so viel Ruhe und Kraft aus, dass sie es sich anders überlegte.

»Ich denke darüber nach. Vielleicht komme ich ja.«

»Tu das. Jederzeit. Wir würden uns freuen. Und außerdem … ich gehe jedes Jahr am ersten Weihnachtstag vormittags zum Abendmahl-Gottesdienst in den Dom. Ich mag die Stimmung in der Stadt, am Morgen nach Heiligabend. Und den Gottesdienst. Unsere Bischöfin wird die Messe halten. Und der Domchor singt eine Bach-Kantate.«

»Das hört sich gut an. Also, da würde ich in jedem Fall mitkommen. Wenn du nichts dagegen hast.«

»Du würdest mir einen großen Gefallen tun.«

»Also haben wir eine Verabredung? Am ersten Weihnachtstag?«

»Die haben wir. Um kurz vor elf am Dom.«

Sie lachten beide, obwohl es keinen wirklichen Anlass dafür gab. Luise spürte den Impuls, Ludwig zu umarmen. Sie wandte sich zum Ofen, von dem aus sich ein leichtes Aroma von Nüssen und Zitrone ausbreitete. Die Gesichter vor der Scheibe sahen beide wie Kinder dem Szekler-Kuchen dabei zu, wie der sich langsam hellbraun färbte. Ludwig sog die warme Luft ein.

»Es duftet herrlich.«

»Ja, das tut es.«

Kapitel elf

»Und ich darf Sie wirklich noch mal bitten?« Eva kletterte hinter dem Stand hervor. »Onkel Ludwig wird das nicht gern sehen.«

»Wieso nicht?«, fragte Luise. »Ich hab mich doch gut geschlagen beim letzten Mal.«

»Darum geht es nicht. Er will nicht, dass ich Sie ausnutze. Sie sollen Ihre Ferien hier genießen.«

»Ich genieße es doch, in diesem Stand zu stehen. Lassen Sie Ludwig mal meine Sorge sein. Ich mache ihm das schon klar.«

Luise hatte diesmal warme Strumpfhosen und zwei Pullover angezogen. Damit wäre sie der Kälte besser gewachsen.

Auf dem kleinen Weihnachtsmarkt unterhalb der Burg leuchteten zahllose Lichter, in den Hütten glitzerte und blinkte es, und über allem hing der Duft von Glühwein und Mutzen. Alles war genauso, wie man es sich wünschen würde. Die Dämmerung war bereits hereingebrochen, ein paar Schneeflocken wirbelten durch die Luft, und von irgendwoher erklang Chorgesang: *Ich steh an deiner Krippen hier*.

»Jetzt gehen Sie schon«, sagte Luise. »Der Stand ist bei mir in guten Händen.«

Doch ehe Eva sich davonmachen konnte, klingelte Luises Handy. Sie entschuldigte sich, zupfte eilig die Handschuhe von den Fingern und holte das Handy hervor. Auf dem Display war die Nummer von Dagmar und Jochen zu sehen. Etwas ratlos blickte Luise sich um. Das kam ja nun ziemlich unpassend.

»Gehen Sie ruhig ran«, sagte Eva. »So viel Zeit habe ich noch.«

Luise trat zwischen zwei geschmückte Nadelbäume, die etwas abseits standen, und nahm das Gespräch entgegen.

»Hallo Luise«, meldete sich Dagmar. »Geht es dir gut? Ist alles in Ordnung?«

Eine ganz normale Frage eigentlich. Doch irgendwie klang unterschwellig ein Vorwurf mit.

»Ja, mir geht's gut, danke. Bei euch auch alles in Ordnung?«

»Nun, ehrlich gesagt machen wir uns ein bisschen Sorgen. Wir wissen ja überhaupt nicht, was mit dir ist in Lübeck. Ob es dir wirklich gutgeht. Du musst doch mal zwischendrin anrufen und Bescheid geben, was du machst.«

Luise war irritiert. Sie hatte direkt nach ihrer Ankunft bei ihnen angerufen und sie wissen lassen, dass sie gut angekommen und ihr Hotelzimmer sehr schön sei. Sonst rief sie ja auch nicht jeden Tag aus dem Urlaub an, um Wasserstandsmeldungen durchzugeben.

»Ich genieße die Zeit hier, das ist alles.« Sie versuchte es mit einem Witz: »Du weißt doch, was man sagt: Wenn man nichts von den Kindern hört, geht es ihnen gut.« Doch ihre Schwiegertochter schien darüber nicht lachen zu können. »Tut mir leid, Dagmar, ich wusste nicht, dass ihr euch Sorgen macht. Aber mir geht es gut. Was soll denn auch sein?«

»Komm schon, Luise. Du bist nicht mehr die Jüngste, das weißt du selbst. Du kannst Jochen und mir keinen Vorwurf machen, dass wir uns Sorgen machen, wenn wir nichts von dir hören. Du hättest einfach ein Lebenszeichen geben können.«

Luise sollte eigentlich über solchen Dingen stehen, doch die Anspielung auf ihr Alter verletzte sie trotzdem. So alt war sie nun auch nicht. Man konnte doch nicht tun, als hätte man bei ihr ein tattriges und kränkelndes Großmütterchen vor sich. Gerade Dagmar als Ärztin sollte das wissen.

»Ich kann nur noch einmal sagen, dass es mir gutgeht«, sagte sie knapp. »Wie läuft es bei euch? Was machen die Kinder?«

»Ach, die Kinder … Weihnachten ist in ihrem Alter auf einmal total uncool. Aber trotzdem soll alles sein wie immer. Und ihre Geschenke wollen sie natürlich auch. Nur mithelfen, statt sich immer bedienen zu lassen, das kommt nicht in Frage. Es ist alles etwas stressig. Weihnachten ist ja schon in ein paar Tagen.«

Luise hatte wieder das Gefühl, dass ein versteckter Vorwurf mitklang. Schließlich war sie nicht da, um zu helfen und Dagmar und Jochen den Rücken freizuhalten.

Sie sah zu dem glitzernden Gebäckstand und merkte, dass sie im Grunde überhaupt keine Lust hatte, dieses Telefonat zu führen. Am liebsten würde sie einfach auflegen, in die Hütte steigen und mit der Arbeit loslegen.

»Das tut mir leid«, sagte sie. »Bestimmt wird es ganz schön, wenn erst Heiligabend ist.«

»Mal sehen. Ich wünsche dir jedenfalls einen schönen Urlaub. Ach, Jochen möchte noch mit dir sprechen. Warte, ich gebe ihn dir.«

Ein Murmeln und Rumpeln im Hintergrund, dann war ihr Sohn am Apparat.

»Hallo Mutter. Wird dir schon langweilig in Lübeck?«

»Nein, gar nicht. Wieso fragst du?«

»Na, das ist doch ein Kaff. Da hat man nach zwei Tagen alles gesehen, was es zu sehen gibt.«

»Keine Sorge, Sophia und ich beschäftigen uns schon.«

»Ich hoffe nur, dass du dich Weihnachten nicht allein fühlen wirst. Da mache ich mir wirklich Sorgen.«

Seltsamerweise war nun kein Vorwurf mehr zu hören. Jochen meinte es ernst, er sorgte sich wirklich um sie.

»Was meinst du, Mama? Vielleicht kommt ihr ein oder zwei Tage früher zurück? Es reicht doch, wenn ihr bis zum 23. Dezember in Lübeck seid, oder? Dann könnten wir Heiligabend zusammen sein. Was sagt denn Sophias Familie dazu, dass sie nicht bei ihnen ist?«

»Die haben kein Problem damit, sonst wäre sie ja nicht hier. Es geht mir gut, Jochen. Weihnachten wird wunderbar. Mach dir bitte keine Sorgen um mich.«

Luise sah sich ungeduldig um. Zwischen den Besuchern entdeckte sie eine vertraute Gestalt. Eine elegante blonde Frau mit hohen Schuhen. Es war Frau Wegner, die Maklerin. An ihren Handgelenken schaukelten glitzernde Geschenktüten, offenbar Einkäufe vom Weihnachtsmarkt. Sie stöckelte direkt in Luises Richtung, die verborgen zwischen zwei Weihnachtsbäumen stand. Als die Frau nur noch wenige Schritte entfernt war, erkannte sie Luise, hielt prompt inne, presste die Lippen aufeinander und ging eilig in entgegengesetzter Richtung davon, wie um jeden möglichen Kontakt mit ihr zu vermeiden.

»Hörst du mir überhaupt zu, Mama?«

»Entschuldige. Was hast du gesagt?«

»Ich hab einfach keine Ruhe. Diese Reise war wirklich keine gute Idee.«

»Das ist lieb von dir, Jochen. Aber glaub mir bitte, es geht mir gut.«

»Aber Papa ist nun mal …«

»Dein Vater ist seit fünf Jahren tot. Irgendwann muss ich lernen, wieder auf eigenen Beinen zu stehen.«

»Aber muss das ausgerechnet Weihnachten sein?«

»Mach es mir doch nicht so schwer, Jochen.«

»Mir gefällt das nicht. Aber ich kann es wohl nicht ändern.«

Luise war erleichtert, als das Gespräch endlich beendet war. Sie hatte ein schlechtes Gewissen, weil ihr Sohn sich um ihretwillen Sorgen machte. Außerdem war da noch die Lüge mit Sophia, die es nicht leichter machte. Der Anruf der Kinder hatte ihre Lübeck-Blase für den Moment platzen lassen. Die Stimmung war getrübt.

Eva machte sich auf den Weg, und Luise übernahm den Verkauf. Es machte Spaß, natürlich, wie schon beim letzten Mal, doch der dunkle Schatten verflüchtigte sich nicht so schnell. Erst als Ludwig eine Stunde später mit Nachschub am Stand auftauchte, kehrte ihre weihnachtliche Urlaubsstimmung zurück. Sein gemütliches Lächeln, die roten Wangen und die leuchtenden Augen ließen Luise ihre Schuldgefühle vergessen. Er stellte eine Kiste auf der Verkaufsfläche ab und fing bei Luises Anblick in der Hütte lauthals an zu lachen.

»Jetzt hat Eva dich tatsächlich überredet, schon wieder einzuspringen? Das Mädchen nutzt deine Gutmütigkeit aus, das ist dir hoffentlich klar. Sie kann sehr unschuldig lächeln, aber das ändert nichts daran, dass sie es faustdick hinter den Ohren hat.«

»Das hat nichts mit Ausnutzen zu tun. Ich mache das wirklich gern. Das weißt du doch.«

So ganz überzeugt wirkte Ludwig zwar nicht, doch er beließ es dabei. Stattdessen verschaffte er sich einen Überblick, welche Gebäcksorten nachgelegt werden mussten.

»Hast du wieder die ganzen Dominosteine verkauft?«, fragte er staunend. »Und was ist mit den Mischtüten? Sind die auch aus?«

»So viele waren davon gar nicht mehr da.«

»Was hast du eigentlich vor deinem Ruhestand beruflich gemacht? Warst du Gebrauchtwagenhändlerin?«

»Ich mag es einfach, mit den Leuten hier zu plaudern. Das Verkaufen passiert ganz von allein.«

»Das sehe ich.« Er warf einen Blick in die Kasse. »Wenn ich nicht verpflichtet wäre, den Stand offen zu halten, würde ich sagen: Komm, wir nehmen das Geld aus der Kasse und gehen richtig schick essen.«

Luise lächelte. »Das können wir sicher ein anderes Mal nachholen.«

»Es wäre mir ein Vergnügen. Vielleicht morgen oder übermorgen?«

»Du musst doch rund um die Uhr arbeiten, jetzt im Weihnachtsgeschäft. Wie willst du das denn machen?«

»Das findet sich. Es geht auch gar nicht anders, denn nach Weihnachten bist du schließlich weg, oder?«

Ja, nach Weihnachten wäre sie fort. Kein schöner Gedanke. Vielleicht könnte sie doch ein bisschen länger bleiben? Oder noch einmal wiederkommen. Im Januar vielleicht. Sie war schließlich Rentnerin, da konnte sie sich so etwas erlauben.

Sie dachte an das Fachwerkhäuschen mit den niedrigen Türbalken, das zu vermieten gewesen war. Ein Lächeln breitete sich auf ihrem Gesicht aus. Einfach nach Lübeck ziehen und hier leben. Nur eine Phantasie, aber eine schöne.

»Was denn?«, fragte Ludwig. »Was ist so lustig?«

»Ach, nichts. Wir werden schon Zeit finden, essen zu gehen. Fest versprochen.«

Ludwig grinste breit, dann nahm er seine leere Kiste und verschwand wieder zurück zu seinem Café. Luise sah ihm nach.

»Welches Gebäck ist denn typisch für diese Gegend?«, fragte eine ältere Dame, die vor ihrem Stand aufgetaucht war. »Für Lübeck oder die Ostsee?«

Ein freundlich aussehender Herr trat dazu und legte den Arm um ihre Taille. Ein Touristenpärchen, vermutete Luise, das den Lübecker Weihnachtsmarkt erkundete. Die Frau sprach mit leicht schwäbischem Dialekt.

»Typisch für Schleswig-Holstein sind die Braunen Kuchen«, sagte Luise. »Oder Kindjestüch, auf Hochdeutsch Kinderzeug, das hat man früher an den Baum gehängt, man kann es aber auch essen. Ansonsten haben wir das Marzipan. Unsere Dominosteine werden mit Lübecker Marzipan gemacht, genauso wie alle Marzipanplätzchen. Das Marzipan hat eine besondere Qualität und sehr wenig Zucker. Fast alles hier am Stand ist typisch für die Gegend.«

Sie hatte sich inzwischen so daran gewöhnt, mit Touristen über die Stadt zu sprechen, dass sie beinahe vergaß, dass sie selbst eine Touristin war.

Die Frau sah zu ihrem Mann. In ihren Augen leuchtete es. »Was meinst du? Decken wir uns ein?«

»Nur zu«, sagte er lächelnd. »Ich hab nichts dagegen.«

»Wollen Sie Ihrer Familie etwas aus Lübeck mitbringen?«, fragte Luise.

»Nein, das ist für uns. Damit wir nicht selbst backen müssen. Wir wohnen am Krähenteich, nicht weit von hier.«

»Dann sind Sie gar keine Touristen?«

Die beiden lächelten sich liebevoll an.

»Wir sind hierhergezogen«, sagte der Mann. »Vor drei Monaten. Wir kommen aus Stuttgart.«

»Wir wollten immer ans Meer, wenn wir mal im Ruhestand sind«, sagte die Frau. »Und Lübeck hat es uns angetan. Hier haben wir das Meer, die Altstadt, alles, was wir brauchen und wonach wir uns lange gesehnt haben.«

Luise runzelte die Stirn. Ein seltsamer Zufall, dass die beiden gerade in dem Moment aufgetaucht waren, als sie über das Fachwerkhäuschen nachdachte, das zu vermieten war.

»Haben Sie Ihre Familie einfach so zu Hause gelassen?«

»Ach, die Familie! Unsere Tochter ist in den USA und unser Sohn bei BMW in München. Die kommen gut ohne uns zurecht. Wir haben unser Haus verkauft und uns was an der Ostsee gesucht.«

»Es war am Anfang für alle ein bisschen komisch«, sagte die Frau. »Für die Kinder war es ja ihr Elternhaus, das verkauft wurde. Und wir hatten natürlich auch Freunde und Nachbarn in Stuttgart.«

»Aber dann war es wie eine Frischzellenkur für uns. Noch mal neu anfangen, immer in der Nähe des Meeres sein zu können – für uns ist es perfekt. Ich kann das nur empfehlen.«

Luise lächelte in sich hinein. Eine Frischzellenkur.

»Stellen Sie uns einfach ein paar Tüten zusammen. Von allem etwas. Dann haben wir das Gebäck für unser erstes Weihnachten in Lübeck.«

Sie packten die Kekse ein, bedankten sich überschwänglich und schlenderten Arm in Arm weiter.

Luise dachte an das Fachwerkhäuschen. So schön die Phantasie auch war, eine Sache machte den Träumereien abrupt ein Ende: Sie wollte sich lieber nicht ausmalen, wie Jochen reagieren würde, wenn er erfuhr, dass sie mit dem Gedanken spielte, aus Frankfurt wegzuziehen.

Kapitel zwölf

Wie an jedem anderen Morgen seit Jahren saß Wolfgang in Ludwigs kleinem Café am Tresen, vor sich eine Tasse schwarzen Kaffee und die Morgenzeitung. Nur strahlte er heute nicht wie sonst die Ruhe und Gemütlichkeit einer Buddhastatue aus, sondern wirkte ziemlich nervös.

»Du traust dir das zu, oder?«, fragte Ludwig.

»Natürlich. Ist kein großes Ding. Ich gehöre quasi zum Inventar des Ladens. Das ist für mich eine Kleinigkeit.«

Es klang jedoch, als müsse er sich selbst Mut zusprechen.

»Vormittags ist ja nie viel los«, sagte Ludwig. »Mal eine Tasse Kaffee machen oder jemanden bedienen, der Törtchen zum Mitnehmen kauft. Mehr passiert nicht.«

»Ich sag doch, alles kein Problem.« Wolfgang schien dennoch unbehaglich zumute zu sein. »Musst du denn heute nicht backen?« Denn das war es, was Ludwig vormittags meist tat, wenn es im Café ruhig war. Besonders in der Vorweihnachtszeit.

»Ich habe gestern eine Nachtschicht eingelegt. Es ist alles vorbereitet. Du kannst es dir also gemütlich machen.«

Ludwig nahm eine frisch gewaschene, extragroße Schürze, die Wolfgang passen müsste, und reichte sie ihm.

»Komm! Ich zeig dir alles.«

Wolfgang rutschte etwas unglücklich vom Barhocker. Er wusste offenbar nicht, was er mit seinen Händen machen sollte, und sah sich um, als wäre er in Feindesland.

»Jetzt komm schon. Nur Mut.«

Zögerlich trat er hinter den Tresen. Für seinen mächtigen Bauch war nicht viel Platz. Er schien Sorge zu haben, etwas umzuwerfen oder kaputtzumachen. Mit einem Seufzer sagte er: »Das ist ja mal eine ganz andere Perspektive.«

»Nun hab dich mal nicht so. Die Kaffeemaschine kannst du bedienen. Und wenn jemand etwas will, wo du nicht helfen kannst, soll er einfach später wiederkommen.«

Die Tür öffnete sich, und das Glöckchen klingelte. Beide wandten sich zum Eingang. Es war Luise, die mit einem strahlenden Lächeln auf sie zutrat. Ludwig spürte aufsteigende Hitze in seinen Wangen. So ein Unsinn, ärgerte er sich. Jetzt laufe ich auch noch rot an! Doch er konnte nichts dagegen tun.

»Jetzt bin ich aber gespannt«, sagte Luise. »Was gibt es denn so Dringendes?«

»So dringend ist es gar nicht. Ich wollte dich nur fragen, ob du heute schon was vorhast?«

»Nein. Nicht wirklich. Wieso?«

»Ich möchte mich dafür revanchieren, dass du für Eva eingesprungen bist. Wir wollten schick essen gehen, weißt du noch? Aber ich dachte mir, dass wir vorher einen Ausflug machen könnten. Natürlich nur, wenn du Lust hast.«

»Einen Ausflug? Wohin denn?«

»Hast du feste Schuhe an?«

Das hatte sie, zum Glück. Und Luise schien nun zu begreifen, was er geplant hatte. Wieder strahlte sie übers ganze Gesicht.

»Fahren wir ans Meer?«

»So ist es. An die Ostsee.«

Was sie in diesem Moment sagen wollte, erfuhr er nicht, da ein lautes Klirren beide aufschrecken ließ. Porzellan war auf dem Boden zersprungen. Wolfgang stand hinterm Tresen und blickte sie mit großen Unschuldsaugen an. Ludwig konnte nicht an sich halten und lachte drauflos.

»Am besten verschwinden wir schnell«, sagte er, »bevor Wolfgang es sich anders überlegt.«

Draußen war es knapp über null Grad, der Schnee vom Vortag war wieder geschmolzen, und eine dunkle, trübe Wolkendecke drückte aufs Land. Leichter Nieselregen setzte ein, eine steife Brise ging. Für Ludwig genau richtig, um am Meer spazieren zu gehen. Wenn die Natur ihre raue, ursprüngliche Seite zeigte und man ordentlich durchgepustet wurde. Doch er war nicht sicher, ob Luise das auch so sah. Sie war nicht an der Küste aufgewachsen, vielleicht verkroch sie sich bei so einem Wetter lieber irgendwo im Warmen.

Er hatte Ingrids dick gefütterten Wintermantel mitgebracht, der wie gemacht für dieses Wetter war. Er hoffte, dass es Luise nicht unangenehm war, den Mantel seiner Frau zu tragen. Sie nahm ihn jedoch völlig unbekümmert entgegen, als er ihn ihr am Auto reichte.

»Bei uns im Norden sagt man: Es gibt kein schlechtes Wetter, es gibt nur schlechte Kleidung.«

»Und mein Mantel ist nicht so geeignet, meinst du?«

»Dein Mantel ist sehr hübsch«, wich er aus.

»Schon verstanden«, lachte sie. »Dann will ich mal den von Ingrid anziehen. Sie hat sicher nichts dagegen.«

Ludwig fuhr zuerst nach Travemünde, wo sie das Auto abstellten und zum Strand gingen. Das Meer lag grau und dunkel unter schweren Wolkenbänken, die plötzlich für Sekunden aufrissen und helle Sonnenstrahlen hindurchließen, bevor sich alles wieder düster zusammenschob und neuer Regen einsetzte.

Die Strandpromenade war menschenleer, kein Wunder an einem Tag wie diesem. Auch der Sandstrand und die Bootsstege waren verwaist. Ludwig und Luise hatten alles ganz für sich allein – das Meer, die Wellen, die Wolken, das Licht. Die schreienden Möwen und die tosende Brandung. Gegen den Wind gebeugt spazierten sie zum Mövenstein, dem berühmten Findling, der beinahe im Meer versunken war, und weiter zum Steilufer, wo es wild und ursprünglich wurde. Wo Geröll und abgerutschte Landmassen das Bild prägten und entwurzelte Bäume unterhalb der Kliffküste überstiegen werden mussten. Grün und braun schimmernde Steine waren hier vom Meer freigelegt worden, von der schaumigen Brandung umspült glitzerten und glänzten sie in Pastellfarben.

So wanderten sie immer weiter. Ludwig fragte sich, ob er Luise nicht zu viel zumutete. Vielleicht wäre es besser, bald umzukehren und irgendwo in Travemünde einen Grog zu trinken. Doch jedes Mal, wenn er sich zu ihr wandte, schien sie nur Augen für ihre Umgebung zu haben. Für das Meer und die Küste und die schreienden Möwen.

»Kennst du die Herbstmeere von Emil Nolde?«, fragte sie. »Diese Bilderserie, die er Anfang des letzten Jahrhunderts gemalt hat? Daran erinnert mich das.«

»Das stimmt. Die Bilder kenne ich gut.« Er sah nachdenklich zur See hinaus. »Mich erinnert es hier immer an den Mönch am Meer von Caspar David Friedrich. Die Weite, die Einsamkeit, das Erhabene der Natur. Weißt du, was ich meine?«

Sie nickte nur. Blickte zum Meer, wie um es mit Caspar David Friedrichs Augen zu sehen. Es gefiel ihm, dass Luise und er bei so vielen Dingen sofort wussten, wovon der andere redete, ganz gleich ob es um alte Gemälde oder das Gefühl der Trauer ging. Das hatte er in den letzten Jahren nicht mit vielen Menschen erlebt.

Sie standen Schulter an Schulter und bewunderten die Natur. Ludwig fühlte sich gut. Es war eine schöne Idee gewesen, hierherzufahren.

»Hier draußen war ich oft mit Ingrid. Besonders bei so einem Wetter. Sie hat es geliebt, am Meer zu sein.«

»Das kann ich verstehen. Es ist wundervoll.«

»Ganz am Ende waren wir noch einmal hier. Das war auch im Winter. Ich musste sie aus dem Krankenhaus entführen. Die Ärzte hatten es verboten. Dabei konnten sie ohnehin nichts mehr für sie tun. Es war nicht leicht, mit dem Rollstuhl im Sand. Ich war schweißgebadet, das kannst du mir glauben. Auch wenn sie kaum noch was gewogen hat. Wir sind nur bis da drüben gekommen, siehst du, dort am Steg. Weiter ging es nicht. Aber dann waren wir da, vor uns das weite Meer, der Himmel, einfach alles. Es war, als würde die Zeit stehenbleiben …«

Sie fielen in Schweigen. In ruhigem Rhythmus umspülte die Dünung die Steine vor ihren Füßen. Es ist wie damals, dachte Ludwig. Alles ist zeitlos, man ist Teil von etwas Größerem. Er konnte es spüren, und er glaubte, dass es Luise ebenso erging.

»Hast du darüber nachgedacht, wieder zu heiraten?«, fragte sie nach einer Weile. »Jemand Neues in dein Leben zu lassen?«

»Nein«, sagte er wahrheitsgemäß. »Habe ich nicht. Nicht, dass es keine Gelegenheit gegeben hätte – Eva hat oft genug versucht, mich mit alleinstehenden Damen zu verkuppeln.«

Luise lachte. »Das kann ich mir vorstellen.«

»Aber …« Er wusste nicht, wie er es erklären sollte.

»Es hat sich nie richtig angefühlt?«

»Nein, nie. Ich wollte nicht eine Beziehung eingehen, nur damit ich nicht allein bin. Damit jemand da ist, mit dem ich reden kann. Wenn, dann möchte ich, dass es etwas Besonderes ist. Wofür es sich lohnt, sein

Leben zu öffnen. Ich brauche keine Frau, die mir das Essen kocht. Das kann ich allein.«

Er nahm einen flachen Stein und ließ ihn über das Wasser springen.

»Außerdem habe ich das Café. Bei der vielen Arbeit war nie die Zeit, um sich auf so etwas einzulassen. Und ich habe das nie bereut.«

»Meine Freundin Sophia will mich in Frankfurt immer zu so einem Tanz-Event mitnehmen, eine Art Disco für Senioren. Um neue Bekanntschaften zu schließen, meint sie. Flirten, tanzen. Sie hat mächtig Spaß dabei, aber …«

Er verstand, was sie sagen wollte. Es ging ihr wie ihm. Es wäre nicht dasselbe. Natürlich nicht.

»Ich glaube, ich wäre auch viel zu festgefahren«, fuhr sie fort. »Man hat doch in unserem Alter so viele Gewohnheiten und Eigenarten. Dann kommen zwei verschiedene Menschen zusammen, beide mit ihrem ganzen Ballast. Wie soll das funktionieren? Da gibt es doch nur Streit und Ärger.«

»Wenn es richtig wäre, wenn es stimmte, dann würden sich diese Fragen nicht stellen.«

»Mag sein. Aber das ist vielleicht ein Ideal, das es nur in der Phantasie gibt. Nicht im wirklichen Leben.«

»Wir hatten es doch schon einmal. Du doch auch, habe ich recht?«

Sie senkte den Blick. Er nahm noch einen weiteren Stein, den er über das Wasser springen ließ. Es wurde langsam Zeit umzukehren.

»Was hältst du davon, wenn wir ein Fischbrötchen essen?«

Ihr Gesicht hellte sich sofort auf.

»Wo bekommen wir das jetzt her?«

»Im Fischereihafen. Da gibt es ein paar Buden, wo Fischer ihren Fang verkaufen. Und Fischbrötchen gibt es natürlich auch.«

»Dann nichts wie hin. Ich verhungere.«

Sie spazierten zurück zum Auto, und Ludwig fuhr zum Hafen. Über die gedrungenen mittelalterlichen Giebelhäuser von Travemünde sahen sie bereits Schiffe ragen, die langsam über die Trave zur Hafeneinfahrt glitten. Große Finnlines-Fährschiffe mit Kabinenaufbauten, Besucherdecks und aufragenden Schornsteinen, die nach Finnland und Schweden unterwegs waren. Ludwig steuerte auf den Kai zu, parkte neben einer rostigen Zufahrt und schloss den Wagen ab. Von hier aus ging es zu Fuß weiter. Zahllose kleine Fischerboote schaukelten auf der Dünung am Kai. In den Pfützen spiegelte sich der graue Himmel, und an der zugigen Kaimauer waren vereinzelt Buden und Hütten aufgebaut. Nur wenige Menschen waren bei dem Schietwetter unterwegs, dennoch waren überall Schilder, die mit frischem Fisch warben.

In einem Marktwagen, dessen Verkaufsfenster seitlich von einer durchsichtigen Plane vor dem Wind geschützt wurde, stand ein alter Bekannter. Wann immer Ludwig es schaffte, kaufte er hier seinen Fisch. Er war schon lange nicht mehr da gewesen.

»Moin Bernhard«, rief er, als sie sich dem Wagen näherten.

»Moin Ludwig.«

»Wie geht's denn?«

»Weißt ja, es muss.«

»Schietwetter haben wir.«

»Ja, das sag mal.«

Bernhard sah mit seinem wettergegerbten Gesicht in den Himmel, als müsse er sich von dem Wahrheitsgehalt der Aussage überzeugen. Dann nickte er und fragte: »Was darf's sein? Fischbrötchen?«

So kamen Ludwig und Luise zu ihrem Fischbrötchen. Bernhard schenkte ihnen zwei Gläschen Schnaps aufs Haus ein, zum Aufwärmen. Luise meinte zwar, ihr sei gar nicht kalt und das liege sicher an dem tollen Mantel. Doch den Schnaps trank sie trotzdem und schüttelte sich voller Wohlbehagen.

Bevor sie weitergingen, kaufte Ludwig frischen Fisch, dann spazierte er mit Luise ein Stück am Kai entlang. Hie und da knatterte ein Dieselmotor, es roch nach Kraftstoff, nach Fisch und Seetang. Über ihnen erstreckte sich der Himmel mit seinen aufgetürmten Wolkenbänken, vor ihnen lagen der Hafen und das Meer. Überall sahen sie Möwen, die auf hölzernen Stegen hockten oder über die Wogen segelten.

Einem Impuls folgend hätte Ludwig beinahe den Arm um Luises Schultern gelegt. Er räusperte sich verlegen und stopfte die Hände tiefer in seine Taschen. Sie blieben am Ufer stehen und schauten. Er hätte ihr gern die Aalfischer gezeigt, die im Winter in der Flussmündung standen und angelten. Doch offenbar war die Zeit noch nicht so weit, oder sie war bereits vorüber. Er wusste es nicht.

»Ich komm im Winter viel zu selten hier raus«, meinte er. »Vor allem im November und Dezember habe ich jedes Jahr zu viel zu tun. Daran wird sich wohl nie was ändern, zumindest nicht, solange ich den Laden habe.«

Luise sah von der Seite zu ihm auf. Sie schien etwas auf dem Herzen zu haben.

»Ich muss dir etwas gestehen«, sagte sie. »Ich hab gehört, was mit deinem Laden ist.«

Es traf ihn wie ein Schlag. Darauf wusste er nichts zu sagen. Er schämte sich. Sowohl dafür, aufgeben zu müssen, wie auch dafür, es vor Luise geheim gehalten zu haben. Er hatte ihr nichts vorspielen wollen.

»Es tut mir so leid«, sagte sie. »Ich habe mich auf der Stelle in dein Café verliebt. Es ist einzigartig, ein so kostbarer Ort. Und es steckt so viel Liebe darin.«

»Und doch wirft es nicht genug ab.«

Luise schwieg. Er ahnte schon, was ihr durch den Kopf ging. Er hatte es oft genug von anderen gehört: Seine Preise seien zu niedrig, er verkaufe seine Arbeit unter Wert. Doch das Café war niemals so gedacht gewesen. Er wollte bezahlbare Törtchen für einfache Leute machen, trotzdem wollte er keine Billigware produzieren. Auch wenn sich mit diesem Konzept wenig Profit machen ließ. Mit dem Café hatte er sich einfach seinen Traum erfüllen wollen, und wäre sein Vermieter nicht gestorben, hätte es für immer so weitergehen können.

Er war dankbar, dass Luise nichts von alldem sagte. Sie rückte einfach dicht an ihn ran und wiederholte, dass es ihr leidtue. Keine Ratschläge, keine Besserwisserei.

»Ich hätte sowieso bald aufhören müssen. Ich werde zu alt. Ich schaffe die viele Arbeit nicht mehr. Vor allem das Weihnachtsgeschäft ist mir über den Kopf gewachsen. Ich dachte nur, ich könnte selbst den Zeitpunkt bestimmen. Und jetzt bin ich auf jeden Fall noch nicht so weit. Ich hätte mir mehr Zeit gewünscht. Aber so ist es nun mal.«

»Es gibt keinen anderen Weg, oder? Kein anderes Ladenlokal, keine andere Backküche?«

Er schüttelte den Kopf. »Jede Alternative wäre mit hohen Kosten verbunden. Das lohnt nicht, wenn ich dann in drei oder vier Jahren endgültig nicht mehr kann.«

»Also ist es definitiv vorbei.«

»Ich denke, ja. Dieser Kampf ist für mich nicht zu gewinnen.«

Sie fielen wieder in Schweigen. Ließen sich die steife Brise um die Nase wehen, blickten in die Ferne.

»Am liebsten würde ich für immer hierbleiben«, sagte Luise. »In Lübeck, an der Ostsee. Es wäre traumhaft.«

»Mach das doch.« Er lachte schicksalsergeben. »Ab Februar habe ich unendlich viel Zeit. Dann könnte ich jederzeit etwas mit dir unternehmen.«

»Wir könnten jedes Mal bei Regenwetter hier spazieren gehen.«

»Wir könnten an der Steilküste bis nach Niendorf wandern.«

»Und wir könnten die Aalfischer sehen.«

Ludwig atmete die Meeresluft ein. Was für ein schöner Gedanke. Er lächelte. Da spürte er etwas an seinem Arm. Es war Luise. Sie nahm seine Hand in die ihre. Hielt ihn fest. Im selben Moment schrien am Steg zwei Möwen, flatterten auf und erhoben sich schließlich kraftvoll und majestätisch in die Lüfte.

Kapitel dreizehn

»Was steckt dahinter? Eine Verabredung?«

Ihr Friseur tippte grinsend mit dem Kamm an ihre Schulter. Ein blutjunger Mann, noch keine dreißig. Doch er schien sich aufrichtig für Luise zu freuen.

»Sie treffen sich doch mit einem Mann, oder?«

Natürlich hatte er sie sofort durchschaut, als sie ihm erklärt hatte, wie sie die Haare gemacht haben wollte. Luise konnte nicht anders: Sie strahlte wie ein Honigkuchenpferd.

»Ich habe ein *Date*«, gab sie zu und kicherte sofort über dieses Wort, das sonst nur ihre Enkelin benutzte. Doch der junge Friseur lachte ganz unbefangen mit.

»Ich möchte einfach gut aussehen heute Abend. Etwas hermachen.« Leicht ernüchtert fügte sie hinzu: »So gut das eben geht in meinem Alter.«

»Hören Sie auf! Ihre Haare sind toll. Es gibt Frauen, die sind fünfundzwanzig und haben nicht so kräftiges Haar wie Sie. Wir können Ihre Locken hochstecken, sehen Sie, so vielleicht. Dann bekommen wir vorn mehr Fülle. Sie werden aussehen wie Aschenputtel auf dem Ball, fest versprochen.«

Nach dem Friseurtermin bummelte Luise durch die Hüxstraße mit den schicken Modeläden, obwohl sie eigentlich schon spät dran war. Doch dann fand sie auf Anhieb ein Ensemble aus Kleid und Blazer mit einer dazu passenden Kette, das ihr so gut stand, dass sie sich wirklich beinahe fühlte wie Aschenputtel vor dem Ball.

Im Hotel legte sie sorgfältig Make-up auf und betrachtete schließlich das Resultat von oben bis unten im Spiegel. Sie sah gut aus, das ließ sich nicht verleugnen. Es war so aufregend. Am liebsten wäre sie vor Freude auf dem Bett herumgesprungen. Aber das riskierte sie natürlich nicht. Sie wollte nicht mit einer ruinierten Frisur bei ihrem Rendezvous erscheinen. Ganz zu schweigen von einem Oberschenkelhalsbruch.

Mit einem Seufzer ließ sie sich auf den Stuhl ihres Sekretärs fallen. Hubert lächelte von seinem Foto zu ihr herab. Sie lächelte zurück. »Wer hätte das gedacht«, sagte sie leise und sah ihn lange an.

Das Handy klingelte. Luise fürchtete bereits, es könnten wieder Dagmar und Jochen sein. Beim Blick aufs Display erkannte sie jedoch, dass es Sophia war. Ihre gute Laune kehrte sofort zurück.

»Stell dir vor, ich werde heute zum Essen ausgeführt«, begrüßte sie ihre Freundin und versuchte dabei, geheimnisvoll zu klingen.

»Von diesem Zuckerbäcker, mit dem du Rezepte austauschst?«

Luise war zwar ein bisschen enttäuscht, dass Sophia alles sofort durchschaut hatte, konnte sich jedoch ein Lachen nicht verkneifen. »Ja, von genau dem.«

»In was für ein Restaurant geht es denn? Ich hoffe doch, in ein richtig schickes?«

»Ich weiß nicht genau. Ich glaube schon. Ludwig hat da eine Andeutung gemacht. Ich hab mir vorsichtshalber was Hübsches zum Anziehen gekauft. Und beim Friseur war ich auch.«

Sophia war sprachlos. »Du hast – was?« Sie fing an zu kichern, bekam sich gar nicht wieder ein.

»Was denn? Ich hab mir sogar etwas Make-up gekauft. Ich hatte ja nur das Nötigste dabei. Ich will doch gut aussehen heute.«

»Wer sind Sie, und was haben Sie mit Luise angestellt?«

»Hör schon auf. Wenn das wirklich so ein schickes Restaurant ist, wie ich glaube, dann will ich nicht unangenehm auffallen.«

»Ich glaube vielmehr, es geht eher darum, einem gewissen Herrn den Kopf zu verdrehen. Deshalb brezelst du dich so auf.«

»Aufbrezeln. Ich bin doch nicht mehr vierzig. Außerdem …«

»Was? Raus damit.«

»Stell dir vor. Er hat mich eingeladen, Weihnachten mit ihm zu verbringen. Mit ihm und seiner Familie.«

»Und? Hast du zugesagt?«

»Nein, ich … ich kenne ihn doch gar nicht. Und außerdem, würde ich da nicht stören? Es ist gut so, wie es ist. Ich habe meine eigenen Pläne für Heiligabend. Nichts Weltbewegendes, aber es wird schön werden.«

»Sag zu, Luise! Bitte, das musst du mir versprechen.«

Die Vehemenz, mit der Sophia das sagte, überraschte sie.

»Aber wieso ist das so wichtig?«

»Weil du dich verliebt hast. Das höre ich doch.«

»Ich habe mich nicht verliebt. Unsinn. Und woher willst du das überhaupt wissen? Ich kenne Ludwig erst seit ein paar Tagen.«

»Gut, dann tu es eben, weil es ein Abenteuer ist. Weil du dabei neue Menschen kennenlernst. Oder weil es am Ende vielleicht doch ganz schön ist, Heiligabend nicht allein zu sein. Ganz egal, wie souverän du bist und was du für Pläne hast.«

Luise warf wieder einen Blick zu Hubert, der sie sanft anlächelte.

»Mal sehen. Ich weiß noch nicht.«

»Du magst diesen Zuckerbäcker doch. Mach es.«

»Schon. Trotzdem. Es ist … ach, lass doch, Sophia.«

»Hubert hätte sich gewünscht, dass du jemanden findest. Ganz sicher wollte er nicht, dass du ihm den Rest deines Lebens nachtrauerst. Dazu hat er dich zu sehr geliebt. Er will, dass du glücklich bist.«

Hubert lächelte unbeirrt. In diesem Moment fehlte er ihr wie lange nicht mehr. Sein Foto verschwamm im Tränenschleier. Sie musste sich zusammenreißen, sonst ruinierte sie ihr Make-up.

»Wann seid ihr eigentlich verabredet?«

»Wir …« Sie sah zur Uhr. »Oje. Ich bin zu spät. Ludwig ist sicher schon unten im Foyer.«

»Dann lass dich nicht abhalten. Schönen Abend!«

Luise beendete eilig das Gespräch, überprüfte noch einmal kurz ihr Aussehen im Spiegel und ging nach unten. Ludwig, der bereits wartete, hatte sich ebenfalls in Schale geworfen. Er hatte sein volles Haar zurückgekämmt, was ihn beinahe verwegen aussehen ließ, außerdem trug er einen Anzug und ein edles Hemd mit einer dezenten schwarzen Fliege. Wie elegant er wirkte, während er da auf sie wartete. Stand stolz und aufrecht da, als wollte er die Dame seines Herzens zum Tango auffordern. Wirklich, fehlte nur noch die Rose zwischen den Zähnen. Es war also nicht übertrieben gewesen, sich ein neues Kleid zu kaufen. Im Gegenteil.

Und sie genoss ihren Auftritt in dem neuen Outfit in vollen Zügen. Als sie mit den hochhackigen Schuhen die Treppe hinunterschritt und er ihr von unten erwartungsvoll entgegenblickte, fühlte sie sich fast wie eine Diva. Der Gedanke war zwar absurd, vor allem wegen ihres Alters. Dennoch hatte dieser Augenblick etwas Magisches. Vielleicht lag es einfach an Ludwigs warmherzigem Blick und seinem hintergründigen Lächeln.

»Du bist wunderschön«, sagte er.

»Ich …« Was war das für ein wundervolles Gefühl? Sie lachte leise und fühlte, wie ihr die Röte in die Wangen stieg. »Ach, das stimmt doch gar nicht.«

»Es ist mein Ernst. Wenn ich heute in eine Schlägerei gerate, dann liegt das nur an dir.«

»Jetzt lass uns schon losgehen.«

»Ganz, wie du wünschst. Wenn ich bitten darf …«

Er reichte ihr seinen Arm, und Luise hakte sich unter.

»Wo geht es denn hin?«

»Lass dich überraschen.«

Sie traten hinaus in die frostige Luft. In der Gasse vor dem Hotel funkelten Lichterketten, die zwischen den Backsteinhäusern aufgehängt worden waren. Dahinter lag der tiefschwarze Nachthimmel. Ihr Atem bildete in der frostigen Luft kleine Wölkchen.

Als die stolzen Türme von St. Marien ins Blickfeld rückten, erzählte Ludwig die Geschichte einer Steinmaus, die ins Chorrelief der Kirche gehauen war. Der Legende nach wuchs im Mittelalter ein prachtvoller Rosenstrauch neben der Kirche, und die Lübecker glaubten, solange diese Rosen blühten, wäre die Stadt frei. Als dann jedoch eine Maus ihr Nest unterm Rosenstrauch baute, verwelkten die Rosen und die Stadt wurde kurz darauf von den Dänen eingenommen. Zur Mahnung, dass ein kleines Übel große Folgen haben kann, wurde die Maus später in der Kirche in Stein gehauen, versteckt in eine biblische Szene. »Wer sie findet und berührt«, sagte Ludwig, »der kommt in seinem Leben wieder nach Lübeck zurück. Es ist wie ein Zauber.«

Natürlich wollte Luise nun in die Marienkirche, um die Maus zu sehen. Das Tor wurde zwar gerade geschlossen, aber Ludwig kannte den Küster, der sie kurz hineinließ. So waren sie ganz allein in dem stillen mittelalterlichen Kirchenschiff. Die Geräusche der Stadt verklangen, und das prachtvolle Gewölbe ließ sie andächtig schweigen. Luise hielt Ausschau nach der Maus und fand sie nach einer Weile tatsächlich, als sie die Hand ausstreckte, um sie anzufassen, bemerkte sie jedoch Ludwigs Blick und hielt inne. Der Moment wurde plötzlich bedeutsam, als würde sie eine Entscheidung treffen.

Wollte sie nach Lübeck zurückkehren? Sie lächelte. Dann strich sie über die steinerne Maus, wie um den Zauber in Kraft treten zu lassen. Es fühlte sich an wie ein Versprechen, das sie Ludwig gegeben hatte.

Draußen auf dem Weihnachtsmarkt vor der Kirche duftete es nach Glühwein und Lebkuchen. Überall waren Lichter und Musik. Doch Ludwig und Luise hatten andere Pläne. Sie ließen den Trubel hinter sich. Einzelne Schneeflocken wirbelten durch die Luft. Luise hatte schnell die Orientierung verloren. Obwohl sie schon einige Tage in Lübeck war, konnte sie sich immer noch in dem Netz kleiner Gassen und Sträßchen, in dem sich zahllose historische Giebelhäuser dicht aneinanderdrängten, verirren. Ludwig blieb irgendwann vor einem getünchten Barockhaus stehen und deutete auf einen Durchgang, der so niedrig war, dass man nur mit eingezogenem Kopf hindurchgelangen konnte.

»Ist das einer der Gänge?«, fragte Luise, die wusste, dass Lübeck für seine engen Gänge und Höfe berühmt war.

»So ist es. Komm, sieh es dir an.«

Sie traten durch den engen gemauerten Gang und hinein in den Hof. Alte gedrungene Häuschen mit Sprossenfenstern, mit Blendläden und grüngestrichenen Türen standen dicht beieinander. Niedrige Dächer, auf denen Luken und kleine Aufbauten thronten. Fachwerkmauern und alte Backsteinwände. Die winzigen Gärten waren winterfest gemacht, und hinter den Fenstern leuchteten überall Kerzen und Lichterketten.

»Es ist wunderschön«, staunte Luise. »Ich habe mich bisher nicht getraut, einen Gang zu betreten. In den Reiseführern steht, dass man es nicht tun soll, weil da normale Leute wohnen und man bei denen dann praktisch im Haus steht.«

»Sehr lobenswert von dir«, lachte Ludwig. »Manchmal ist es wirklich ein Fluch. Wir möchten uns schließlich nicht fühlen wie die Tiere im Zoo. Vor allem im Sommer ist es schlimm, wenn wir mit einem Kaffee vorm Haus sitzen und einfach nur plaudern wollen. Ständig kommen Leute herein, gaffen und fotografieren. Das kann wirklich nerven.«

»Lebst du etwa hier?«, fragte sie ungläubig.

»Das Häuschen da vorn«, sagte er stolz, »das gehört mir.«

Es war wie aus einem Märchenbuch entsprungen. Uralt und wunderschön. Luise konnte kaum glauben, was sie sah.

»Komm rein. Meine Schwester ist da. Wir begrüßen sie kurz.«

Er ging voran durch die niedrige grünlackierte Tür und führte Luise in einen heimeligen Wohnraum. Es wirkte von innen größer, als sie angenommen hätte, wahrscheinlich weil im Innern ein paar Wände herausgenommen worden waren. Tragende Eichenbalken standen mitten im Raum. Überhaupt war viel Holz zu sehen. Dielenböden, Balken, Holzfenster und alte Möbel. Dazu ein gemütliches Sofas, zahllose Kissen und flauschige Teppiche. Auf einem Stövchen dampfte

Tee, ein Adventskranz brannte. Es war ein richtiges Zuhause.

Neben einer Treppe stand eine Tanne. Der Duft von frisch geschlagenem Nadelholz erfüllte die Luft. Auf einem Hocker stand eine Frau um die fünfzig, mit langen braunen Haaren und großen schönen Augen, die gerade eine Kugel an einen der oberen Zweige hängte. Als sie Ludwig und Luise eintreten sah, stellte sie eine Schachtel Kugeln beiseite und ging ihnen strahlend entgegen.

»Das ist Ruth, meine kleine Schwester«, stellte Ludwig sie vor. »Ruth, das ist Luise.«

»Ich habe schon viel von Ihnen gehört. Freut mich, Sie endlich kennenzulernen. Ludwig füttert uns alle gerade mit diesem Weihnachtskuchen aus Siebenbürgen, der ist toll.«

»Szekler-Kuchen«, sagte Luise und warf Ludwig einen Seitenblick zu. »Wirklich?«

»Ja, aber keine Sorge. Er füttert uns ständig mit irgendwas. Ein Wunder, dass wir nicht alle kugelrund geworden sind. Ihr Gebäck ist aber wirklich lecker.«

So plauderte sie eine Weile, und Luise bekam ein Gespür für diesen Ort und die Menschen, mit denen Ludwig lebte. Das war wohl auch der Grund, weshalb er sie hergebracht hatte. Er wollte, dass sie mit eigenen Augen sah, wo sie Weihnachten feiern würde, wenn sie ja sagte.

»Ihr geht also essen«, stellte Ruth fest. »Ich wünsche euch viel Spaß. Wohin geht's denn?«

»Ins Schabbelhaus in der Mengstraße«, sagte Ludwig.

Das schien Eindruck auf sie zu machen. An Luise gewandt sagte sie: »Dahin hat er mich noch nicht mitgenommen. Sie können sich was darauf einbilden.«

Als sie sich verabschiedeten, nahm Ludwigs Schwester Luises Hände in die ihren und sagte mit der gleichen Warmherzigkeit, die auch für ihn selbst so typisch war: »Feiern Sie doch mit uns Weihnachten. Wir würden uns sehr freuen. Kommen Sie einfach, wenn Sie Lust haben. Wie es Ihnen passt.«

Es lag nichts Gönnerhaftes oder Mitleidiges darin, sondern nur reine Herzlichkeit. Luise war kurz davor, gleich zuzusagen. Den Weihnachtsabend in diesem behaglichen Häuschen im Gängeviertel zu verbringen, noch dazu mit diesen netten, freundlichen Menschen – wer könnte dazu schon nein sagen?

»Jetzt dräng sie nicht«, ging Ludwig dazwischen und reichte ihr wieder den Arm. »Es wird Zeit für uns. Ein Tisch wartet.«

Nun war es nicht mehr weit bis in die Mengstraße. Der untere Teil der Gasse erstrahlte im festlichen Glanz der Weihnachtsbeleuchtung. Zwischen den Häusern aus der Backsteinrenaissance glitzerten zahllose Lichter, die sich auf dem Kopfsteinpflaster spiegelten. Die alten, ehrwürdigen Giebelbauten verloren sich über ihren Köpfen in der Dunkelheit. Es war ganz still und menschenleer auf der Straße.

»Tut mir leid, dass Ruth mit Weihnachten angefangen hat«, sagte er. »Wir wollen dich nicht überreden. Fühl dich nicht gezwungen.«

»Ja«, sagte Luise.

»Wie bitte?«

»Ich würde sehr gern mit euch Weihnachten feiern. Mit dir und mit deiner Familie.«

Ludwig blickte sie an, als hätte sie einen Antrag angenommen. Eine seltsame Spannung war zu spüren. Als würde ein Kuss in der Luft liegen. Sie wandte sich verlegen ab.

»Wenn das Angebot noch steht, komme ich gern.«

»Natürlich steht es. Es wird schön werden, das verspreche ich.«

»Das weiß ich doch. Ich bin froh, dass ich euch kennengelernt habe.«

»Ich bin auch froh, dass wir uns begegnet sind, Luise. Da kannst du aber deinen Hintern drauf verwetten.«

Er zeigte auf das prachtvolle historische Portal, vor dem sie standen.

»Hier ist es«, sagte er. »Das Schabbelhaus.«

Durch kleine halbbeschlagene Scheiben konnten sie ins Innere sehen. Weißgedeckte Tische, brennende Kerzen, umhereilende Kellner in bodenlangen Schürzen. Luise fühlte sich nun endgültig wie das Aschenputtel. Und ihren Prinz hatte sie ebenfalls dabei. Nur würde für sie keine Turmuhr Mitternacht schlagen. Sie war frei, ihre eigenen Entscheidungen zu treffen.

»Gehen wir rein?«, fragte Ludwig.

»Bitte. Es ist wunderschön.«

Kapitel vierzehn

Das kleine Maklerbüro hatte Luise ganz zufällig entdeckt. Eigentlich war sie unterwegs gewesen, um Geschenke für Ludwigs Schwester und seine Nichte zu besorgen. Schließlich wollte sie zu Weihnachten nicht mit leeren Händen auftauchen. Zum Glück hatte sie genug Zeit, sich etwas einfallen zu lassen. Auf dem Kunsthandwerksmarkt oder dem Mittelaltermarkt würde sie sich inspirieren lassen. Als sie in Gedanken versunken durch die Straßen ging, tauchte ein Ladenlokal auf, in dessen Fenster ebenfalls Immobilienangebote hingen. Frau Wegner mit ihren Luxushotel-Plänen war nicht die einzige Maklerin in der Stadt.

Luise war natürlich sofort interessiert. Vor allem, weil ein bekanntes Objekt im Schaufenster zu sehen war. Das kleine Fachwerkhäuschen mit den niedrigen Türbalken, das ihr bereits bei ihrem Spaziergang aufgefallen war. Auf einem Schild vor dem Häuschen war eine Telefonnummer angegeben, die offenbar zu diesem Büro gehörte. Sie trat ein und wollte sich nach dem Haus erkundigen. Als sie eine Stunde später wieder auf die Straße trat, quoll ihre Handtasche über von Angeboten. Eine Besichtigung hatte sie gerade noch mit Händen und Füßen abwehren können. Alles mit der Ruhe, hatte sie sich gesagt. Nur keine überstürzten Aktionen.

Trotzdem fühlte sie sich ganz beschwingt, als sie mit prall gefüllter Handtasche zum Hotel zurückging. Kurz überlegte sie, ob sie Ludwig einen Überraschungsbesuch abstatten sollte, um ihm die Broschüren und Unterlagen des Maklerbüros zu zeigen. Doch der hatte bestimmt eine Menge zu tun, nachdem er sich gestern für sie freigenommen hatte. Sie würde ihn ohnehin später sehen. Also wollte sie ihn lieber ein paar Stunden in Ruhe lassen.

Sie hatte Ludwig beim Essen von dem Fachwerkhäuschen erzählt, das sie gesehen hatte, und von den Rentnern auf dem Weihnachtsmarkt, die beschlossen hatten, ihren Lebensabend in Lübeck zu verbringen. Ludwig war natürlich sofort begeistert gewesen von der Idee.

»Ich denke vorerst nur darüber nach«, sagte Luise zurückhaltend. »Es ist einfach eine Phantasie. Das Meer vor der Haustür, die Altstadt … Es ist schon irgendwie ein Traum, dem man gern nachhängt.«

»Dann mach ihn doch wahr. Was hindert dich?«

»So einfach ist das nicht. Es ist eine große Entscheidung, so ein Umzug, das musst du zugeben.«

»Du kannst für ein paar Wochen hier zur Probe wohnen und sehen, wie es dir gefällt. Bei mir wäre ein Gästezimmer frei. Keiner zwingt dich, es dann auch durchzuziehen.«

»Ausprobieren?« Luise musste darüber lachen. »Wir sind doch keine zwanzig mehr, wo man so was einfach mal macht.«

»Eben deshalb, Luise! Eben weil wir keine zwanzig mehr sind, sollten wir so was machen. Was haben wir zu verlieren? Wir wissen nicht, wie viele Jahre wir noch haben. Wir lange wir gesund bleiben. Lass uns einfach im Augenblick leben. Das Leben genießen, solange wir hier sind. Worauf sollen wir denn warten?«

»Ich weiß nicht, ob ich das kann.«

Er lachte. »Es ist auch ein bisschen eigennützig von mir, so zu reden«, gestand er. »Ich kann mir nichts Schöneres vorstellen, als dass du nach Lübeck kommst. Trotzdem. Als ich das Café aufgemacht und den Job bei der Versicherung geschmissen habe, da haben mich so viele für wahnsinnig erklärt. Wegen der Rentenverluste, wegen der Sicherheit, wegen – was weiß ich, wegen allem. Doch das war mir egal. Ich habe es einfach getan. Weil ich es Ingrid versprochen hatte und auch weil ich es mir selbst schuldig war, es wenigstens zu versuchen. Und jetzt … Selbst wenn ich im Januar aufhören muss, war es jeden Tag wert. Es waren tolle Jahre für mich, in denen ich mich von einer neuen Seite kennengelernt habe. Mein Leben noch mal ganz neu angegangen bin. Und das kann mir keiner nehmen.«

Seine Worte gingen Luise wieder durch den Kopf, als sie die Gasse, in der sich ihr Hotel befand, betrat. Worauf warten wir noch? Sicher hätte Hubert das genauso gesehen. Schließlich hatten sie es nicht einmal geschafft, rechtzeitig zusammen nach Lübeck zu fahren. Worauf warten? Einfach leben.

Über ihrem Kopf schrie eine Möwe. Vom nahen Hafen drang das dunkle Tuten eines Schiffshorns. Sie sog die kalte Luft ein, blickte sich um. Ein Müllwagen manövrierte durch die enge Gasse auf das Hotel zu, Schulmädchen rannten kichernd um eine Ecke, ein Giebelfensterchen öffnete sich, und jemand schüttelte ein Staubtuch aus. Alltag in Lübeck. Eine schöne Vorstellung. Einfach leben.

Sie nahm ihr Handy aus der Handtasche, um Ludwig anzurufen. Wenn sie schon nicht in seinem Laden vorbeischaute, so wollte sie wenigstens wissen, wie er mit der Arbeit vorankam, nachdem gestern alles liegen geblieben war.

Sie hatte das Handy am Vorabend auf den Flugmodus gestellt, um bei ihrem Essen ungestört zu sein. Nun erkannte sie, dass es immer noch offline war. Während sie das Hotel betrat, schaltete sie den Modus um, und die Verbindung wurde hergestellt. Sofort piepte es wie verrückt. Sie hatte einen Haufen Anrufe und Nachrichten bekommen. Alle von Sophia.

»Da sind Sie ja«, sagte die Frau an der Rezeption. »Sie haben Besuch.«

»Wie bitte?«

»Ein Mann hat nach Ihnen gefragt. Er wartet in der Lobby.«

Im gleichen Moment piepte es ein weiteres Mal in ihrer Hand, und eine neue Nachricht von Sophia ging ein. Luise öffnete sie:

Luise, geh ans Telefon! Wir sind aufgeflogen.

Eine Gestalt erhob sich aus einem Ledersessel in der Lobby, die mit einem offenen Durchgang vom Foyer abging. Luise traute ihren Augen nicht.

Jochen.

Er kam mit großen Schritten auf sie zu. Sein Blick war eiskalt. Ihr Sohn war stocksauer, das erkannte sie sofort. Sie fühlte sich augenblicklich in der Defensive. Und schuldig. Als wäre sie auf frischer Tat beim Ladendiebstahl ertappt worden.

»Jochen. Was … was machst du denn hier?«

»Dagmar hat Sophia getroffen. Ganz zufällig, im Karstadt an der Zeil. Sie hat ganz schön gestaunt, kannst du dir vorstellen, weil Sophia doch eigentlich mit dir in Lübeck sein sollte.«

Die Frau an der Rezeption bemühte sich, wegzuhören. Geschäftig ordnete sie Unterlagen auf ihrem Schreibtisch.

»Komm mit«, sagte Luise gedämpft und führte Jochen in die Lobby. »Setz dich.«

Sie deutete auf die Ledersessel, doch Jochen blieb stehen. Er war zu aufgebracht, um Platz zu nehmen.

»Was ist hier los, Mutter?«, verlangte er zu wissen.

Luise, bemüht um eine aufrechte Haltung, setzte sich auf die Kante eines Sessels. Sie sagte sich, dass sie das Recht hatte, hier zu sein. Selbst wenn alles auf einer Lüge aufgebaut war, war sie alt genug, ihre eigenen Entscheidungen zu treffen. Sie durfte sich nicht von Jochen weiter in die Defensive drängen lassen.

Jochen baute sich vor ihr auf. Er wurde laut.

»Jetzt sag schon: Was soll das alles?«

»Jochen …«

»Bist du wirklich allein hier?«

»Ja.«

»Aber …«

»Es war meine Entscheidung. Ich hätte es euch sagen sollen. Aber ich wusste nicht, wie ich es erklären soll.«

»Was denn bitte erklären?« Er starrte sie fassungslos an. »Dass du die Einsamkeit vorziehst? Was ist los mit dir?«

»Weißt du …« Sie seufzte schwer. »Bitte setz dich, Jochen.«

Er presste die Lippen zusammen, sein Unterkiefer mahlte, aber schließlich nahm er ihr gegenüber Platz.

»Dein Vater und ich, wir hatten einen Plan. Wir wollten zusammen nach Lübeck fahren, um hier Weihnachten zu feiern. Das wollten wir schon lange. Wir haben es nur immer wieder aufgeschoben. Jedes Jahr gab es einen anderen Grund, weshalb es nicht ging. Ich … weißt du, Jochen, ich wollte es in diesem Jahr einfach nachholen. Das Versprechen, das wir uns damals gegeben hatten, einlösen. Hubert zuliebe. Verstehst du das? Deshalb bin ich hier.«

Jochen beugte sich zu ihr vor. »Papa ist tot«, sagte er eindringlich. »Mama, bitte. Er ist tot.«

»Das ist mir doch klar. Ich wollte nur … Weißt du, es geht mir darum …«

Jochen sah sie an, als wäre sie verrückt geworden. Wie sollte sie ihm das alles erklären? War es für jemand anderen überhaupt zu verstehen? Selbst Sophia hatte nicht ganz nachvollziehen können, weshalb sie es tat. Sie hatte sie einfach unterstützt, weil sie ihre Freundin war.

»Ich wollte unseren Traum erfüllen. Das wahr werden lassen, was er und ich immer zusammen machen wollten. Auch wenn dein Vater nicht mehr lebt und ich nun allein hier bin. Deshalb bin ich gefahren.«

»Und dann lügst du uns an? Erzählst uns, du willst lieber mit Sophia zusammen sein als mit uns? Obwohl Sophia gar nicht mitfährt?«

»Das war falsch, ich weiß. Das hätte ich nicht tun sollen.«

»Ich bitte dich! Ich verstehe es nicht. Du möchtest allein sein, ausgerechnet zu Weihnachten? Während hinter jedem erleuchteten Fenster eine Familie am Weihnachtsbaum sitzt und das Fest der Liebe feiert? Du wirst doch todunglücklich sein. Wenn alle anderen in die Kirche gehen, zusammen singen, gemeinsam essen. Das hält doch keiner aus.«

»Ich wäre doch nicht allein. Jedenfalls würde ich mich nicht so fühlen. Ich wäre …« Sie hörte selbst, wie konfus ihre Worte klangen. »Hubert wäre bei mir, weißt du? Es wäre unser Weihnachten. Das, was wir immer zusammen feiern wollten.«

»Aber, Mama …«

Er nahm ihre Hände. Zu ihrer Überraschung sah sie Tränen in seinen Augen aufsteigen. Sie hatte mit allem gerechnet. Dass er herumschrie, zeterte, sie herumkommandierte. Aber nicht damit.

»Ich wollte euch nicht vor den Kopf stoßen, Jochen. Wirklich nicht. Es tut mir leid.«

»Ich dachte, wir wären darüber hinweg. Wir hätten es geschafft. Er ist schon seit über fünf Jahren tot. Wir haben es doch geschafft, uns ohne ihn im Leben einzurichten. Du kommst doch zurecht, oder nicht? Ich dachte wirklich, wir hätten es einigermaßen geschafft.«

»O Jochen. Ich wollte nicht … Darum geht es doch gar nicht.«

Er wischte sich eilig eine Träne weg. Es war ihm offenbar unangenehm, ein Zeichen der Schwäche preiszugeben.

»Ausgerechnet Weihnachten. Was denkst du dir nur dabei, Mama? Komm mit. Komm mit nach Hause.«

Luise wusste nicht, wie sie reagieren sollte. Sie wollte bleiben, natürlich. Doch das konnte sie jetzt unmöglich sagen.

»Wir sind deine Familie«, meinte Jochen eindringlich. »Wir sind für dich da. Egal, was passiert. Ich dachte, das wüsstest du.«

»Das weiß ich auch, Jochen.«

»Warum dann das alles? Du gehörst nicht hierher, nicht zu Weihnachten. Du gehörst zu uns, nach Frankfurt.«

Luise fühlte sich plötzlich kraftlos. In seinen Augen war alles, was sie sich dabei gedacht hatte, einfach eine dumme Idee. Sie konnte ihn verstehen. Beinahe glaubte sie selbst, dass sie nicht alles zu Ende gedacht hatte.

»Ich habe mir ein Zimmer genommen«, sagte er. »Für heute Nacht. War gar nicht so leicht. Sieht aus, als wäre die Stadt komplett ausgebucht. Ich hatte Glück, dass hier im Hotel überraschend etwas frei geworden ist. Morgen früh können wir dann zurückfahren. Nach Hause. Ja, Mama?«

Nach Hause. Sie dachte an Ludwig. Einfach leben. Sich seine Träume erfüllen. Wenn es doch so einfach wäre. Sie konnte das Jochen nicht antun. Sie konnte nicht bleiben.

»Die Zeit hat doch bestimmt ausgereicht, um ein bisschen Weihnachtsatmosphäre zu schnuppern, oder?«, fragte er aufmunternd. »Du hast getan, was du wolltest. Jetzt können wir zurückfahren.« Er lachte. Es war, als würde er sich damit von seinen Tränen befreien. »Sicher kannst du keinen Glühwein mehr sehen. Habe ich recht?«

Es ging hier für ihn um das Gefühl, gebraucht zu werden. Er wollte seiner Rolle als Familienoberhaupt gerecht werden. Als Hubert gestorben und sie völlig haltlos gewesen war, hatte sie ihrem Sohn diese Rolle abverlangt. Sie konnte sie ihm jetzt nicht einfach wieder nehmen.

Sie sagte nichts, doch Jochen erkannte, dass er sie überzeugt hatte. Sie würde mit ihm zurück nach Frankfurt fahren. Weihnachten bei ihrer Familie verbringen.

»Dafür hat man Familie«, sagte er. »Damit man nicht allein ist in der Welt. So ist es doch, nicht wahr?«

Kapitel fünfzehn

»Und? Hast du sie gefunden? Ist sie in Lübeck?«

»Ja, sie ist hier im Hotel.«

Jochen ließ sich auf sein Bett fallen. Was hätte er jetzt für was Hochprozentiges gegeben! Doch es gab keine Minibar in seinem Zimmer. Nur ein paar Stückchen Lübecker Marzipan auf dem Schreibtisch. Er drückte das Handy ans Ohr.

»Dann ist es so, wie wir geglaubt haben?«, fragte Dagmar. »Sie hat sich tatsächlich ein Einzelzimmer genommen? Über Weihnachten?«

»Sieht ganz so aus.«

»Aber was hat sie dazu gesagt? Was ist los mit ihr?«

»Es hat wohl was mit Vater zu tun. Sie wollten hier zusammen Weihnachten feiern, in Lübeck.«

Stille am anderen Ende. Jochen schluckte. Er wusste ja selbst, wie sich das anhörte. Und er wusste auch, was Dagmar als Nächstes sagen würde.

»Ich hab das ja vermutet«, begann sie. »Wir sehen das jedes Jahr aufs Neue im Krankenhaus. Weihnachten ist eine problematische Zeit. Es gibt viele Menschen, die einsam sind und …«

»Wir wissen doch gar nicht, was sie vorhatte!«

»Ich will doch nur sagen, dass …«

»Lass es, Dagmar! Es reicht.«

Er wollte das Wort nicht noch einmal hören. Suizid. Seine Mutter würde so etwas niemals tun, davon war er überzeugt. Egal, wie einsam oder unglücklich sie war. Sie würde nicht, wie Dagmar es befürchtete, an Heiligabend aufs Hotelzimmer gehen, Vaters Bild aufstellen, eine Kerze anzünden und eine Überdosis irgendwelcher Pillen nehmen. So war sie nicht.

»Ich bin jetzt hier«, sagte er. »Ich passe auf sie auf. So wie ich es immer getan habe.«

»Das ist gut. Wie hat sie auf dich reagiert?«

»Ich weiß nicht. Sie war sehr überrascht. Aber sie hat sich auch gefreut. Glaube ich wenigstens.«

»Siehst du. Sie hat wirklich Glück, dass sie dich hat. Du musst sie unbedingt nach Hause holen.«

»Das mache ich, versprochen.«

Ein lautes Rumsen ertönte im Hintergrund. Dann fingen Lukas und Marie an, sich anzuschreien. Sicher war irgendetwas kaputtgegangen, und wie üblich brach zu Hause ein Bürgerkrieg aus. Leider hatte Jochen nicht die Möglichkeit, dazwischenzugehen und den beiden die Leviten zu lesen.

»Ich muss auflegen«, sagte Dagmar. »Wie du hörst, herrscht hier schon Weihnachtsstimmung.«

»Gut. Dann sehen wir uns morgen. Bis dahin.«

Dagmar beendete die Verbindung, und das Gezeter im Hintergrund brach ab. Jochen warf das Handy aufs Kopfkissen und massierte sich die Nasenwurzel. Er brauchte eine Zigarette. Wenn schon kein Schnaps zu bekommen war, wollte er wenigstens seinem geheimen Laster nachgehen. Dafür musste er zwar raus auf die Straße, aber wenigstens konnte hier nicht Dagmar auftauchen und ihm etwas von Raucherlungen und Arterienverstopfung erzählen.

Er hievte sich aus dem Bett und verließ sein Zimmer. Das Treppenhaus war voller Weihnachtsschmuck, der weiche Teppich auf den Stufen schluckte jedes Geräusch. Es war hübsch hier, ein schöner Ort. Er wünschte nur, er würde verstehen, was seine Mutter eigentlich vorhatte.

Im Foyer stand ein älterer Mann mit Bart und Löwenmähne am Tresen. Als Jochen an ihm vorbei nach draußen ging, fing er den Namen seiner Mutter auf. Mit gerunzelter Stirn blieb er stehen. Da keiner auf ihn achtete, trat er in den Durchgang zur Lobby und stellte sich hinter einen Weihnachtsbaum.

»Sie kommt sofort herunter«, sagte die Frau an der Rezeption. »Es dauert nur eine Sekunde.«

Der Mann bedankte sich und wartete. Seiner gesunden Gesichtsfarbe und dem Auftreten nach wirkte er wie ein Lebemann. Jetzt war Jochen wirklich gespannt, was seine Mutter mit diesem Typen zu schaffen hatte.

Sie tauchte auf, ein strahlendes Lächeln im Gesicht, und rauschte auf den Herrn zu. Jochen traute seinen Augen nicht. Die beiden fielen sich in die Arme. Wer war dieser Typ? Was wollte Luise von ihm?

Sie sprachen so leise, dass er sie nicht verstand. Doch sie wirkten überaus vertraut. Seine Mutter nahm die Hände des Mannes, sagte etwas, das ihn offenbar traurig stimmte. Er ließ die Schultern hängen, senkte den Blick, und Luise legte ihm die Hand an die Wange. Es lag so viel Zärtlichkeit und Intimität in dieser Geste, dass Jochen nicht mehr an sich halten konnte. Er schoss hinter dem Weihnachtsbaum hervor.

Luises Augen weiteten sich. »Jochen«, sagte sie, und es klang wie ein Schuldeingeständnis.

Jochen spürte, wie sich seine Brust verhärtete. Das war also der Grund, weshalb sie in Lübeck Urlaub machte. Es fühlte sich an wie ein furchtbarer Verrat. Nicht nur, dass sie ihn angelogen hatte. Nicht nur, dass sie Weihnachten ihrer Familie den Rücken kehrte. Es war auch ein Verrat an seinem Vater.

Er blickte seine Mutter eiskalt an.

»Was ist hier los? Wer ist das?«

Ihre Wangen liefen rot an, sie wirkte irritiert, dann fing sie sich jedoch schnell wieder.

»Jochen, darf ich dir meinen Bekannten vorstellen? Das ist Ludwig Johannsen. Ludwig, das ist mein Sohn Jochen.«

»Dein Bekannter also? Ich verstehe. Deshalb willst du nicht mit deinen Enkelkindern Weihnachten feiern.«

»Jochen!«

»Und wir sitzen in Frankfurt und machen uns Sorgen. Dass du einsam sein könntest oder unglücklich. Ein Witz.«

»Hör bitte auf.«

»Dabei machst du dir einfach nur eine schöne Zeit mit diesem … Bekannten.«

Dieser Typ, den Jochen keines Blickes würdigte,

wagte es tatsächlich, vorzutreten und sich einzumischen.

»Ich denke, Sie missverstehen die Situation«, sagte er. »Ihre Mutter wollte lediglich sagen, dass ich …«

»Kennen wir uns?«, blaffte Jochen ihn an.

»Jochen. Jetzt reiß dich zusammen.«

»Nein, wir kennen uns nicht«, fuhr der Mann fort. »Aber ich sehe schon, Sie sollten mehr Respekt haben vor Ihrer Mutter. Luise hat lediglich …«

Nun war sie es, die ihn zum Schweigen brachte. Sie legte die Hand auf seinen Arm und schüttelte den Kopf.

»Bitte, Ludwig. Lass es gut sein.«

Es schien ihm nicht zu gefallen, doch er fügte sich. Jochen funkelte ihn an. Er hätte nicht übel Lust, den Typen am Kragen zu packen und vor die Tür zu werfen. Doch der ging von ganz allein. Er nickte Luise zu, bedachte Jochen mit einem düsteren Blick und verschwand.

»Kannst du mir bitte erklären, was hier los ist?«, fragte er.

Doch ehe Luise antworten konnte, hörten sie die Frau an der Rezeption geschäftig im Gästebuch blättern. Sie tat, als würde sie die beiden gar nicht bemerken, doch beiden war klar, dass sie ihnen mitteilen wollte: Sie waren nicht allein. Luise steuerte erneut die Lobby an, doch Jochen schüttelte den Kopf.

»Gehen wir auf dein Zimmer«, sagte er und ging zur Treppe.

Als seine Mutter die Zimmertür hinter sich schloss, platzte es dann aus ihm heraus.

»Du hast also hinter unserem Rücken eine heimliche Liebschaft.«

»Jochen!«

»Wie lange geht das schon?«

»Ich verbitte mir diesen Ton. Du hast kein Recht, so mit mir zu sprechen.«

»Und wenn ich mir dieses Recht einfach rausnehme? Weißt du, wie wir uns gefühlt haben, als herauskam, dass Sophia gar nicht bei dir ist? Dagmar hat gedacht, dass du dich hier vielleicht zurückziehst, um dir das Leben zu nehmen. Um wieder mit Vater zusammen zu sein. Stell dir vor, das hat sie allen Ernstes gedacht. Ich nicht. Ich wollte das nicht glauben. Aber was gab es denn sonst für einen Grund, Weihnachten allein sein zu wollen? Und jetzt komme ich hierher und sehe, dass du einfach einen anderen hast.«

Jochen war immer lauter geworden. Die letzten Worte hatte er regelrecht geschrien. Er konnte nichts dagegen tun. Es musste einfach raus.

»Und statt uns irgendwas zu sagen, lügst du uns einfach an, und wir sitzen da und kommen um vor Sorge.«

»Ich habe keinen anderen. Jetzt hör auf, so mit mir zu reden.«

»Was war das gerade? Wer war dieser Typ?«

Luises Augen füllten sich mit Tränen.

»Was würde Papa dazu sagen?«, rief er.

»Dein Vater ist tot«, sagte sie mit brüchiger Stimme. »Das weißt du.«

»Und da wirfst du dich dem Erstbesten an den Hals?«

Sie zuckte zusammen, als hätte sie einen Schlag bekommen. Doch Jochen hörte noch immer nicht auf.

»Und das in deinem Alter! Hast du denn kein Schamgefühl?«

Luise sah ihn nicht an. Sie stand da wie ein geprügelter Hund. Er spürte, dass er zu weit gegangen war. Doch er konnte nicht anders.

»Jetzt, wo ich sehe, dass es dir gutgeht, fahre ich wieder nach Frankfurt«, sagte er. »Morgen früh nach dem Frühstück. Überleg dir, ob du mitkommst oder nicht. Entscheide dich – entweder dieser Typ oder deine Familie.«

Kapitel sechzehn

Die Morgensonne stand blutrot über den Dächern der Altstadt. Ein frostiger Morgen brach an. Die Luft war klar, glitzernder Raureif hatte sich auf die Dächer gelegt. Glockengeläut drang durch die stillen Gassen. Luise stand am Fenster und schaute hinaus. Über ihrer Mansarde kreiste eine Möwe in der Luft.

Sie hatte kaum geschlafen und fühlte sich grauenhaft. Auf der Fensterbank stand das Foto von Hubert. Er lächelte ihr sanft und freundlich zu. Als sie ihn betrachtete, verspürte sie den Drang, etwas richtigzustellen.

»Ich gehe nicht fremd.«

Doch das wusste er natürlich. Er wusste, Ludwig würde ihn niemals ersetzen können. So wie auch Luise niemals Ingrid würde ersetzen können. Darum ging es nicht. Jochen verstand das nicht. Auch wenn er schon vierzig war, bliebe er immer ihr Kind. Er konnte den Gedanken nicht ertragen, dass es im Leben seiner Mutter eine neue Liebe geben könnte. Sie konnte ihm keinen Vorwurf machen.

Nach dem Frühstück würde er zurück nach Frankfurt fahren. Sie musste eine Entscheidung treffen. Sollte sie ihn begleiten? Doch auch wenn sie nichts lieber täte, als Weihnachten in Lübeck zu bleiben, fürchtete sie, dass es darauf hinausliefe, dass sie mit ihrem Sohn nach Hause fuhr. Es war eine Frage der Verantwortung. Sie hatte ihn belogen, und das war ein Fehler gewesen. Und was für ein Vorbild würde sie den Kindern geben, wenn es so aussähe, als würde sie der Familie den Rücken kehren, um sich zu vergnügen? Selbst wenn Jochen ihre Beweggründe nicht nachvollziehen konnte, war sie es ihm nicht dennoch schuldig, ihn in dieser Situation zu begleiten?

»Was soll ich nur tun?«, fragte sie Hubert.

Außer einem Lächeln erhielt sie keine Antwort.

Sie seufzte, nahm ihre Handtasche und ging hinunter in den Frühstücksraum. Jochen hockte vor seinem nicht angerührten Frühstücksteller und knetete nervös eine Zigarettenschachtel. Er sah ebenfalls aus, als hätte er nicht viel Schlaf bekommen. In seinem Gesicht spiegelte sich das schlechte Gewissen. Er wusste, dass er gestern zu weit gegangen war. Auch wenn er in seinen Augen im Recht gewesen war, hätte er seine Mutter nicht verletzen dürfen.

Luise rüstete sich innerlich, dann stellte sie ihre Handtasche neben dem Tisch ab und setzte sich.

»Guten Morgen, Jochen.«

»Guten Morgen.«

Damit erstarb ihre Konversation fürs Erste. Jochen räusperte sich umständlich, Luise goss Kaffee ein. Sie sah hinüber zum Frühstücksbuffet. Auch wenn sie überhaupt keinen Appetit hatte, wollte sie doch einen

Happen essen. Schon um den Anschein von Normalität aufrechtzuerhalten.

»Möchtest du nichts essen?«, fragte sie.

»Nein, danke. Kaffee reicht.«

»Ich werde ein Croissant essen. Die sehen gut aus, findest du nicht?«

»Kann schon sein.« Er zögerte, bevor er hinzufügte: »Können wir dann nach dem Frühstück los?«

»Jochen, ich ...« Sie musste es sagen. Jetzt. Es ging nicht anders. »Ich weiß noch nicht, ob ich mitkomme.«

Damit hatte er nicht gerechnet. Es schien ihn kalt zu erwischen. Doch er spürte offenbar, dass es umso sinnloser wäre, wieder herumzuschreien oder Befehle zu erteilen. Die Machtverhältnisse hatten sich über Nacht verschoben. Auf diese Weise würde er nicht mehr zum Ziel gelangen.

»Weil du bei diesem Typen bleiben willst?«, fragte er bitter.

»Er heißt Ludwig. Und auch wenn es dich nichts angeht, möchte ich klarstellen, dass ich ihn erst vor ein paar Tagen kennengelernt habe. Wir sind nur Freunde. Im Moment. Vielleicht wird einmal mehr daraus, aber das weiß ich nicht.«

»Es ist Weihnachten. Wir sind deine Familie.«

»Das werdet ihr auch immer bleiben. Hier geht es um etwas ganz anderes. Ihr braucht mich doch gar nicht – und versuch nicht, mir etwas anderes zu erzählen. Die Kinder nicht, Dagmar nicht. Ihr könntet Weihnachten so feiern, wie ihr es immer getan habt, bevor Hubert gestorben ist.«

Er wollte protestieren, doch sie ließ ihn nicht zu Wort kommen.

»Wenn ich hierbleibe, dann nicht, weil ich lieber mit Ludwig feiere als mit euch. Wenn ich hierbleibe, dann weil ich es mir vorgenommen habe. Weil ich diese Zeit in Lübeck verbringen wollte. So wie Hubert und ich es vor langer Zeit gemeinsam geplant haben. Auch wenn er nicht mehr dabei sein kann.«

»Du warst doch lange genug hier. Reicht das nicht?«

»Du möchtest nur auf mich aufpassen, Jochen. Das weiß ich. Du möchtest für mich da sein, so wie du in den letzten fünf Jahren für mich da warst. Dafür bin ich dir dankbar. Sehr dankbar sogar. Doch dies hier, das muss ich selbst entscheiden.«

Finster sagte er: »Ich kann dich nicht zwingen, mitzufahren.«

»Nein, das kannst du nicht. Wann willst du aufbrechen?«

»Spätestens heute Mittag. Sagen wir, um halb zwölf.«

»Gut. Bis dahin habe ich noch etwas zu erledigen. Ich sage dir dann, ob ich mitfahre oder nicht.«

Er nickte düster. Das Ganze gefiel ihm überhaupt nicht, doch Luise hatte sich durchgesetzt. Es war viel einfacher gewesen, als sie gedacht hätte. Erleichtert stand sie auf und nahm ihren Teller, um sich etwas zu essen zu holen.

Sie hatte ihre Entscheidung noch nicht getroffen. Sie musste darüber nachdenken. In sich hineinhorchen, was sich für sie richtig anfühlte. Und falls sie beschloss, Jochen zu begleiten, musste sie sich von

Ludwig verabschieden. Ihm erklären, warum sie seine Einladung nun doch nicht annehmen konnte.

Sie ging zum Buffet, nahm ein Croissant, stellte ein Töpfchen mit Butter und eines mit Marmelade dazu, dann kehrte sie zum Tisch zurück, von wo aus Jochen sie fassungslos anstarrte. Sie hielt inne. In seinen Händen erkannte sie die Angebote und Broschüren, die sie bei ihrem Besuch beim Makler eingesteckt hatte.

»Was ist das hier?«, stieß er hervor.

»Warst du etwa an meiner Handtasche?«

»Das hing oben raus. Ich hab nicht geschnüffelt, wenn du das meinst.« Er sah sie ungläubig an. »Willst du etwa hierherziehen? Ist das dein Ernst?«

Keine Lügen mehr, sagte sie sich. Doch ehe sie ihm antworten konnte, wurde er wieder laut.

»Ich habe dich was gefragt!«

Die anderen Gäste im Frühstücksraum sahen zu ihnen herüber. Luise nahm eilig Platz.

»Ich habe dich was gefragt«, wiederholte Jochen leiser.

»Ich hab mich nur informiert. Es war eine spontane Idee. Ich habe ein bisschen phantasiert, mehr nicht. Ich habe nicht vor, morgen nach Lübeck zu ziehen, falls du das meinst.«

Er legte die Broschüren auf den Tisch, ein paar Blätter rutschten heraus. Auf dem Blatt, das obenauf lag, waren mit dem Kugelschreiber Zahlen notiert. Herrje, dachte Luise. Der Makler hatte ihr ausgerechnet, was ihr Haus in Frankfurt wert sein könnte und was sie damit in Lübeck, wo die Immobilienpreise viel niedriger waren, kaufen könnte. Es war nur ein Rechenmodell gewesen. Sie hatte keine Sekunde ernsthaft darüber nachgedacht, ihr Haus zu verkaufen. Doch das würde ihr Jochen natürlich jetzt nicht mehr glauben.

»Du willst das Haus verkaufen?« Er wirkte erschüttert. »Unser Zuhause?«

»Ich will gar nichts verkaufen. Es ist nur ein Rechenmodell. Wir haben das nur mal durchgespielt.«

Wie befürchtet, glaubte er ihr nicht.

»Was ist nur mit dir los? Ich erkenne dich nicht wieder. Willst du uns verlassen? Einfach so, über Nacht? Alles hinwerfen und abhauen?«

»Du verstehst das falsch, Jochen …«

»Ich denke, du kennst diesen Typen erst seit ein paar Tagen. Und jetzt willst du unser Zuhause verkaufen? Ich begreife das nicht.«

»Ich habe doch nur darüber nachgedacht. Es ist noch gar nichts entschieden.«

Jochen schob die Broschüren wütend weg. Er verschüttete dabei seinen Kaffee, der dunkle Flecken auf der weißen Tischdecke hinterließ.

»Glaub nicht, dass wir dich besuchen kommen!«

An den anderen Tischen sahen sich wieder Gäste um. Einige räusperten sich verlegen, andere taten angestrengt, als würden sie gar nichts hören.

»Jochen, bitte.«

»Es ist mein Ernst. Wir haben schon so mehr als genug zu tun. Der Job, die Kinder. Wir haben keine Zeit, auch noch ständig nach Lübeck zu fahren. Mit dem Auto dauert das fest sechs Stunden.«

»Das verlangt doch keiner. Jetzt beruhige dich. Es ist nur …«

»Was willst du hier? Das ist Wahnsinn. Alle deine Freunde und Bekannten leben in Frankfurt. Hier ist niemand. Dein ganzes Leben ist in Frankfurt. Denkst du, alle werden jetzt hier hochfahren, wenn sie dich sehen wollen? Das wird nicht passieren.«

Er nahm seine Zigaretten und stand entschlossen auf.

»Du wirst hier einsam sein, hörst du?«, rief er. »Du wirst einsam sein.«

Damit drehte er ihr den Rücken zu und stürmte aus dem Frühstücksraum.

Kapitel siebzehn

»Ich kann nicht bleiben.«

»Du kannst nicht …? Aber wieso nicht?«

Ludwig stand in der Ladentür, die Backschürze umgebunden, ein Geschirrtuch in der Hand.

»Es geht nicht, Ludwig. Tut mir leid.«

»Aber heißt das …?«

»Ja. Ich fahre zurück nach Frankfurt.«

»Wann denn? Heute schon?«

Sie nickte. Ludwig wirkte überrumpelt. Sie konnte ihn verstehen. Es tat ihr unendlich leid. Sie wäre gern geblieben. Doch es ging nicht.

»Komm doch erst mal rein. So viel Zeit hast du doch, oder?«

»Eigentlich sollte ich …«

»Ich muss die Schokolade vom Wasserdampf nehmen. Sonst wird sie zu heiß. Komm rein, Luise. Fünf Minuten.«

Er trat zur Seite, ließ sie hineinschlüpfen und hängte das Schild zurück ins Fenster, auf dem *Geschlossen* stand. Das Café hatte um diese Uhrzeit noch nicht geöffnet, doch Luise hatte natürlich gewusst, dass Ludwig schon da war und backte. Wie jeden Morgen um diese Zeit.

Die kleinen Tischchen standen im trüben Zwielicht, das von draußen hereinfiel. Nach dem prachtvollen Sonnenaufgang hatte sich der Himmel rasch zugezogen. Niederschlag war vorhergesagt, vielleicht sogar Schnee. Pünktlich zu Weihnachten.

»Die Schokolade verklumpt mir, wenn ich nicht aufpasse«, sagte Ludwig, der zügig voranschritt. »Und das ist die letzte, die ich habe. Nicht, dass es Petit Fours ohne Schokoladenüberzug gibt. Komm mit.«

Luise ließ den Blick durch das leere Café wandern. Sie würde wiederkommen, sagte sie sich. Es wäre kein Abschied für immer.

Sie folgte Ludwig in die Küche, in der sie wie immer zahllose Düfte empfingen. Schokolade, Karamell, Rosenwasser, Kardamom. Das hohe Sprossenfenster stand einen Spalt weit auf. Die kleinen Scheiben waren beschlagen, Schokoladendampf zog hinaus in die Gasse.

Ludwig nahm den Schokoladenbehälter vom Topf mit dem köchelnden Wasser und rührte eilig darin. Er pustete, prüfte die Konsistenz. Er seufzte erleichtert.

»Jetzt bitte der Reihe nach.« Er nahm eine Patisseriezange und hob einen gebackenen Biskuitteig-Würfel mit Cremefüllung an, um ihn in die Schokolade zu tauchen. »Weshalb musst du jetzt nach Frankfurt zurück? Ist es wegen deines Sohns, der gestern aufgekreuzt ist?«

»Ja«, sagte sie und fügte seufzend hinzu: »Ja und nein. Es ist kompliziert. Ich habe …«

Ludwig sah sich ratlos um, während er das Kleingebäck mit der Zange vor sich in der Luft hielt. Er hatte kein Abtropfgitter bereitgestellt. Luise bemerkte erst jetzt, dass er tiefe Ränder unter den Augen hatte. Auch er wirkte erschöpft und übernächtigt.

»Seit wann backst du eigentlich?«, fragte sie.

»Ach, seit einer Weile. Es sind die letzten Tage, danach ist das Weihnachtsgeschäft vorbei. Darf ich dir kurz …?«

Er reichte ihr die Patisseriezange, die Luise vorsichtig entgegennahm. Er ging zum Schrank, holte Backpapier und einen Abtropfrost hervor, stellte alles auf die Arbeitsfläche und nahm ihr das Petit Four wieder ab. Er wirkte ein wenig fahrig. Als er das Gebäckstück von der Zange abstreifte, blieb ein Fingerabdruck an der Schokolode. Er fluchte leise.

»Du musst dich mal ausruhen, Ludwig. Das geht so nicht weiter.«

»Wie gesagt, es sind nur noch ein paar Tage.«

»Es ist mein Ernst. Du siehst erschöpft aus.«

Er reichte ihr die Zange und lächelte sie mit blitzenden Augen an.

»Warum machst du nicht für mich weiter? Und ich hole uns derweil eine schöne Tasse Kaffee.«

Er verschwand nach vorn ins Café, zur Kaffeemaschine. Luise sah ihm lächelnd nach. Plötzlich tauchte wie aus dem Nichts ein Bild vor ihr auf. Sie sah sich und Ludwig am Frühstückstisch sitzen, in der morgendlichen Dämmerung kurz vor dem Sonnenaufgang, draußen hatte sich Raureif im Garten gebildet, und die Kaffeemaschine surrte und blubberte. Sie saßen einfach da und schwiegen. Und obwohl keiner ein Wort sagte, teilten sie den Moment miteinander und nahmen sich gegenseitig die Einsamkeit. Dann war das Bild wieder verschwunden. Als wäre es nie da gewesen.

Nachdenklich tauchte sie das nächste Gebäckstück in die Schokolade. Ein warmes Gefühl breitete sich in ihrer Brust aus. Sie lächelte.

»Kaffee, schwarz und ohne Zucker«, sagte Ludwig und reichte ihr eine Tasse.

Er wollte sich schon wieder an die Arbeit machen, doch Luise hielt ihn davon ab.

»Du setzt dich jetzt hin! Ich mache das fertig. So viel Zeit habe ich noch.«

Er nahm auf einem Küchenstuhl Platz und massierte sich die Waden. Dankbar seufzte er und nahm seinen Kaffee.

»Also gut. Jetzt möchte ich wissen, weshalb du plötzlich zurück nach Frankfurt musst. Dein Sohn möchte, dass du mitkommst, ist es das? Liegt es an mir? Weil er uns im Hotel gesehen hat?«

»Er versteht es nicht. Er versteht nicht, warum ich hier bin. Was mir das bedeutet. So ist es nun mal. Daher wird es wohl besser sein, wenn ich Weihnachten in Frankfurt verbringe. Es ist für Jochen leichter so, glaub mir.«

»Ist es denn auch für dich leichter?«

Sie sagte nichts, wendete das Gebäck in der flüssigen Schokolade.

»Und was ist mit mir? Für mich wäre es nicht leichter.«

»Ludwig. Ich bin immer noch seine Mutter. Auch wenn er erwachsen ist, trage ich Verantwortung für ihn.«

»Natürlich. Aber was genau ist sein Problem? Kannst du mir das erklären?«

»Er will mich in seiner Nähe wissen, nach dem Tod meines Mannes sind wir sehr nahe aneinandergerückt. Er hat Angst, dass ich einsam sein könnte. Dass ich unglücklich bin. Ich kann ihm keinen Vorwurf machen. Ich selbst wollte, dass er alles in die Hand nimmt nach Huberts Tod. Dass er sich um mich kümmert, sich für alles verantwortlich fühlt. Na ja, und dann … Er ist natürlich auch ein bisschen eifersüchtig, weil ich dich kennengelernt habe. Er dachte vermutlich, dass ich nach dem Tod seines Vaters allein lebe, bis ich neben ihm begraben werde. Diese Vorstellung ist wohl für Kinder ganz normal, selbst wenn sie erwachsen sind. Es kommt eine Menge zusammen. Gestern hatten wir einen großen Streit. Weißt du, Ludwig, ich kann ihn so nicht allein nach Frankfurt fahren lassen. Ich würde mich scheußlich fühlen. Kannst du mich verstehen? Ich wäre keine gute Gesellschaft für dich. Ich hätte die ganze Zeit ein schlechtes Gewissen und würde mich fragen, wie es ihm geht.«

Du wirst einsam sein!, hatte Jochen gerufen. Sie fragte sich, ob sie in Frankfurt nicht viel einsamer wäre. Wenn sie nach Heiligabend wieder allein in ihrem großen leeren Haus säße.

»Natürlich kann ich dich verstehen, Luise. Du sollst nur wissen, dass du hier jederzeit willkommen bist. Dass ich mich immer freue, dich zu sehen.«

»Danke. Das weiß ich zu schätzen.«

»Ich hätte sehr gern mit dir zusammen Weihnachten gefeiert.«

Nun sollte es also wieder fehlschlagen. So viele Jahre hatten Hubert und sie diese Reise aufgeschoben, und auch dieses Mal würde letztlich nichts daraus werden. Plötzlich musste sie mit den Tränen kämpfen und konzentrierte sich auf die flüssige Schokolade. Sie wollte nicht, dass Ludwig ihre feuchten Augen bemerkte.

Ein Piepen ertönte. Es war der Ofen. Ludwig sprang auf, stellte die Kaffeetasse ab und sah durch die Scheibe ins Innere.

»Hoppla, da ist etwas fertig.«

Seltsamerweise hörte er sich dabei verlegen an. Er zog ein Blech mit heißem duftenden Gebäck hervor. Luise traute ihren Augen nicht.

»Das ist ja …«

»Szekler-Kuchen, genau. Ich habe ihn für dich gemacht. Ich dachte, wenn du schon hier bei mir Weihnachten feierst, dann sollst du wenigstens deinen Szekler-Kuchen bekommen. Ein Stück Siebenbürgen in der Fremde. Damit es auch für dich ein richtiges Weihnachten ist.«

Nun konnte sie die Tränen doch nicht zurückhalten. Sie fühlte sich elend. Ludwig trat mit seinem so warmherzigen Lächeln an sie heran und wischte die Tränen sanft von ihrer Wange.

»Sei nicht traurig, Luise. Manchmal kann man nicht alles haben. Das hier ist nicht zu Ende. Wir sehen uns wieder – versprochen? Vielleicht im neuen

Jahr. Da wird eine Menge passieren. Sicher werde ich dann einen Freund gebrauchen können.«

»Ein Freund. Der würde ich gern sein.«

»Siehst du. Dann haben wir eine Abmachung. Im nächsten Jahr geht es weiter.«

»Und was ist mit Weihnachten?«, fragte sie.

»Ich würde sagen, wir verschieben es einfach. Nächstes Jahr machen wir es so, wie wir es geplant hatten. Aufgeschoben ist nicht aufgehoben. Und dieses Jahr feierst du mit deiner Familie in Frankfurt.«

Aufgeschoben ist nicht aufgehoben. Es waren Huberts Worte. Verschieben wir es aufs nächste Jahr, Lulu. Dieses Mal sollte es halt nicht sein. Wir holen es nach, versprochen.

»Versprichst du mir das?«

»Fest versprochen.«

Nun hieß es Abschied nehmen. Wieder lag ein Kuss in der Luft. Luise wünschte, sie hätte den Mut, es einfach zu tun. Ludwig schien ebenfalls zu zögern. Schließlich nahm er ihre Hand und gab ihr einen sanften Kuss auf den Handrücken.

»Frohe Weihnachten, liebe Luise. Komm gut nach Hause.«

»Frohe Weihnachten, Ludwig.«

Sie nahm ihre Handtasche und ging durch das verwaiste Café. Im trüben Licht dieses grauen Tages wirkte es bereits, als wäre der Ort in Auflösung begriffen. In ein paar Wochen würde dieses kleine Café, das doch so voller Kostbarkeiten steckte, nicht mehr existieren.

Und was, ging es ihr durch den Kopf, wenn wir zusammen einen anderen Laden aufmachen? Ludwig und ich? Ein kleines Café in einem günstigen Ladenlokal? Gemeinsam ließe sich die Investition vielleicht stemmen. Zu zweit machte es doch viel mehr Sinn, noch einmal von vorn anzufangen. Sie könnten sich die Arbeit teilen. Die Tage in der Küche verbringen, Seite an Seite, und backen. Es war eine Träumerei, natürlich. Doch warum sollte sie nicht wahr werden können?

Schlagartig wurde Luise etwas bewusst. Sie schaffte es nicht einmal, ein einziges Weihnachtsfest so zu verbringen, wie sie es sich wünschte. Wie sollte sie da ein neues Leben anfangen? Es würde ihr niemals gelingen. Nicht, wenn sie nicht endlich den ersten Schritt machte. Sie musste dieses Weihnachtsfest in Lübeck verbringen, so wie sie es ursprünglich geplant hatte. Wie es seit Jahren ihr größter Wunsch war.

Sie würde mit Jochen sprechen. Sie würde versuchen, ihm zu erklären, was sie empfand. Aber wenn er sich weigerte, sie zu verstehen, dann musste sie ihren eigenen Weg gehen. Sie durfte seine Sturheit nicht über ihre Träume siegen lassen. Natürlich war es wichtig, an ihren Sohn zu denken. Doch sie musste auch Verantwortung für ihr eigenes Leben übernehmen.

Der Entschluss stand fest. Sie würde Weihnachten in Lübeck bleiben. Daran war nicht mehr zu rütteln. Es war, als hellte sich das graue Café ein wenig auf. Als würde die Sonne an diesem trüben Wintertag hervorbrechen.

»Ludwig!«, rief sie und lief zurück in die Küche. »Ludwig, ich muss dir etwas sagen!«

»Du bist ja immer noch hier«, lachte er. »Was gibt es?«

Er hatte die Klappleiter neben dem Küchenregal aufgestellt. Er stand auf der obersten Stufe und schob eine Dose aufs Regalbrett. Etwas an diesem Bild ließ sie stocken.

»Was ist los?«, fragte er.

»Ich … Ich habe nur …«

»Du wolltest mir etwas sagen?«

»Ja. Ich werde Weihnachten hierbleiben.«

»Wirklich? Das ist ja großartig. Aber wieso …?«

»Ich habe es mir anders überlegt. Ich rede noch einmal mit Jochen. Er muss es akzeptieren.«

Ludwig gab der Dose einen Schubs, damit sie in die hintere Ecke des Regals rutschte. Dann hielt er sich vorsichtig an den Holmen fest, um wieder herabzusteigen.

»Warte, ich komme runter. Ich …«

Er verharrte in der Position. Seine Hände krallten sich an die Aluminiumholme, und plötzlich atmete er schwer.

»Ludwig?«

»Es geht mir gut. Ich …«

Er blickte zu ihr herab. In seinen Augen lag Überraschung. Und Schmerz. Dann war es, als würde er sie gar nicht mehr erkennen.

»Ludwig!«

Er krümmte sich, wankte. Luise konnte nicht mehr atmen. Die Zeit stand still. Alles wiederholte sich. Das war nicht mehr Ludwig, der dort oben auf der Leiter stand. Die Luft in der Backküche gefror. Es passierte wieder. Luise wusste, dass Ludwig nun fallen würde.

Dass er auf dem Boden liegen würde. So wie Hubert dort gelegen hatte. Hubert, der aus dem Nichts gestorben war, unter ihren Händen.

Ludwig fiel. Begleitet von einem Seufzer, der seltsam teilnahmslos klang, als hätte er keinerlei Interesse mehr am Geschehen, lösten sich seine Hände von den Holmen, und er rutschte polternd und donnernd an den Sprossen herab, fiel hart auf die Küchenfliesen. Als er dort aufkam, war er schon nicht mehr bei Bewusstsein.

Luise handelte wie ferngesteuert. Sie gab Ludwig Backpfeifen, schrie ihn an, er solle bei ihr bleiben. Und doch wusste sie, dass es längst zu spät war. Sie war wie im Nebel. Begriff, dass sie den Notarzt rufen musste. Verzweifelt sah sie sich um. Wo war ihre Handtasche? Wo war Ludwigs Handy? Sie rannte hinaus auf die Straße, das Türglöckchen im Ohr.

»Hilfe!«, rief sie in die Gasse. »Ich brauche Hilfe!«

Alles war leer, nirgendwo ein Mensch, der ihr helfen konnte. Die Giebelhäuser drehten sich im Kreis. Endlich öffnete sich ein kleines Fensterchen. Eine Frau sah heraus.

»Was ist denn los?«

»Rufen Sie einen Krankenwagen. Schnell. Herr Johannsen, er … er …«

Er stirbt. Sie war nicht in der Lage, den Satz laut auszusprechen. Ihr wurde schwarz vor Augen.

»Der Krankenwagen ist unterwegs«, rief die Frau kurz darauf. »Es wird nicht lange dauern.«

Luise stolperte zurück ins Café. Sie stürzte in die Küche. Ludwig lag noch immer auf den Bodenfliesen.

»Bitte bleib bei mir, Ludwig. Bitte.«

Es gab nichts mehr zu tun für sie.

»Lass mich nicht allein.«

Sie legte sich zu ihm auf den Boden, umarmte ihn, hielt ihn, so fest sie konnte. Wie sie es auch bei Hubert getan hatte.

Kapitel achtzehn

Regentropfen trommelten von außen gegen die Fensterscheibe. Einzelne Schneeflocken mischten sich darunter, doch vermochten sie die graue, düstere Stimmung nicht zu vertreiben.

Aus dem Radio quäkte eine übertrieben gutgelaunte Moderatorenstimme: »Wie ihr seht, meine lieben Hörer, ist aus dem angekündigten Schnee nichts geworden. Eine Warmfront aus dem Westen lässt den Schnee in Regen übergehen. Richtiges Schietwetter, wie wir im Norden sagen. Trotzdem stehen die Chancen für weiße Weihnachten immer noch fünfzig zu fünfzig. Mehr dazu gleich von meinem Kollegen aus der Wetterstation. Doch zuerst gibt's jetzt echte Weihnachtsstimmung auf die Ohren. *Last Christmas* von Wham!«

Ludwig hob mühsam den Kopf. Ihm wurde schwindelig, sein Schädel brummte. Bei dem Sturz hatte er sich offenbar eine ziemliche Beule zugezogen. Er stöhnte auf.

»Na, Kopfschmerzen?«, fragte eine vertraute Stimme.

Wolfgang hockte mit seiner Zeitung vor dem Krankenbett. Mit der gleichen gemütlichen Selbstverständlichkeit, mit der er sonst vormittags an seinem Tresen saß. Er wechselte den Sender, offenbar weil er *Last Christmas* nicht mehr hören konnte. Auf einem anderen Sender lief weihnachtliche Chormusik, was ihm besser zu gefallen schien.

»Wo ist Luise?«, fragte Ludwig.

»Ich weiß nicht. Eben war sie noch hier. Vielleicht ist sie wieder im Hotel?«

Er stützte sich mühsam auf die Ellbogen.

»Wie geht es ihr?«

»Wie es ihr geht?«

Ludwig erinnerte sich noch daran, wie er im Notarztwagen aufgewacht war. Luise hatte neben ihm gesessen und seine Hand gehalten. Dabei hatte sie bleich und verstört gewirkt. Sicher hatte er ihr einen mächtigen Schrecken eingejagt. Die Sanitäter hatten ihm allerdings irgendwas gegeben, und er war eingeschlafen.

Als er später kurz wach geworden war, saß Luise auch hier an seinem Bett. Eine Ärztin erklärte, dass nichts Dramatisches passiert sei. Er habe einen Schwächeanfall erlitten. Sicher, weil er sich überarbeitet habe. Er müsse in Zukunft besser auf sich achtgeben, ausreichend trinken und sich Pausen gönnen. Das Schlimmste sei im Moment die Gehirnerschütterung, die er sich bei dem Sturz zugezogen habe. Er brauche Schlaf und Ruhe, alles Weitere sähe man später. Ludwig hatte keine Gelegenheit gehabt, danach in Ruhe mit Luise zu sprechen. Die Ärztin hatte darauf bestanden, dass sie gemeinsam das Zimmer verließen, damit

Ludwig sich ausruhen konnte. Und obwohl er unbedingt wach bleiben wollte, war er sofort wieder eingeschlafen.

»Wie spät ist es?«, fragte er.

»Gleich halb zwei. Du bist seit vier Stunden hier.«

»Halb zwei?«, fragte er erschrocken. War Luise etwa längst wieder auf dem Weg zurück nach Frankfurt?

»Keine Sorge. Deine Schwester steht im Café. Sie schlägt sich ganz gut, viel besser als ich. Und auf dem Weihnachtsmarkt läuft auch alles einwandfrei. Es ist alles im Fluss.«

»Mein Handy!« Ludwig versuchte aufzustehen, doch es wurde ihm sofort schwindelig. »Wo ist mein Handy?«

»Ich glaub, das ist noch im Laden. Deine Schwester hat gesagt, es läge in der Backküche.«

»Ich muss es sofort holen. Ich weiß nicht, wie ich sonst Luise erreichen kann. Ihre Nummer ist eingespeichert. Ich muss sie anrufen.«

Er schlug die Decke zur Seite, ignorierte Schmerzen und Übelkeit, die ihn augenblicklich übermannten, und setzte sich schwer atmend auf.

»Ludwig. Du sollst dich ausruhen. Wenn die Ärztin sieht, was hier los ist, möchte ich nicht in deiner Haut stecken.«

Ludwig überlegte fieberhaft. Womöglich zählte jede Minute, denn vielleicht war Luise noch in der Stadt. Er rief vom Zimmertelefon die Auskunft an und ließ sich mit ihrem Hotel in der Altstadt verbinden. Doch dort sagte man ihm, Luise habe bereits ausgecheckt.

»Ist sie gefahren, ohne sich von mir zu verabschieden?«, fragte er Wolfgang, als er wieder aufgelegt hatte. »Das kann ich mir nicht vorstellen. Ruf bitte schnell meine Schwester an, sie soll mein Handy nehmen und es bei Luise versuchen. Ich muss wissen, ob sie noch in Lübeck ist.«

Ein Gefühl sagte ihm, dass etwas passiert war. Er machte sich Sorgen.

Doch bevor Wolfgang Ludwigs Schwester am Apparat hatte, öffnete sich die Zimmertür und Luise trat ein. Sie wirkte blass und zerbrechlich, nicht mehr so lebensfroh wie noch ein paar Stunden zuvor.

Ludwig musste sich laut räuspern, damit Wolfgang begriff, dass er sie allein lassen sollte. Er nahm seine Zeitung, nickte Luise freundlich zu und verließ das Zimmer.

»Geht es dir wieder gut?«, fragte sie leise.

»Ja, natürlich. Es tut mir leid, Luise. Das hätte ich dir nicht zumuten dürfen. Ich habe wohl zu viel gearbeitet. Man überschätzt sich in unserem Alter schon mal. Ich wünschte, du wärst nicht dabei gewesen.«

Sie schwieg, sah ihm nicht in die Augen. Er wurde unruhig.

»Setz dich, Luise. Bitte nimm Platz. Es war nichts Ernstes, nur ein Schwächeanfall. Alles kein Beinbruch«, lachte er bemüht. Doch der Witz zündete nicht. »Danke, dass du den Notarzt gerufen hast.«

»Ich war das nicht. Das war eine Nachbarin aus der Gasse.«

Sie fielen in Schweigen. Im Radio sang, begleitet von einer Kirchenorgel, ein Kinderchor *Nun freut euch, ihr Christen.* Die süßliche Festlichkeit des Gesangs wirkte wie aus einer anderen Welt, hatte nichts mit der grauen Tristesse des Krankenhauszimmers zu tun, wo Regen gegen die Scheiben schlug und Luise schweigend zu Boden blickte. Ludwig wusste nicht, was er sagen sollte. Wie er zu ihr durchdringen konnte. Er hatte keine Erinnerungen mehr an seinen Sturz. Er wusste nur noch, dass Luise ihm mitgeteilt hatte, dass sie in Lübeck bleiben würde, danach wurde alles dunkel.

»Ich fahre mit Jochen nach Frankfurt«, sagte sie jetzt.

Irgendwie hatte er damit gerechnet. Es musste mit dem Unfall zu tun haben.

»Dann wird nichts aus unserem gemeinsamen Weihnachten?«, fragte er traurig. »Heiligabend im Gängeviertel.«

»Vielleicht war das alles eine dumme Idee. Vielleicht …«

»Luise! Bitte sei ehrlich zu mir. Sag mir, was wirklich los ist.«

Nun sah sie auf und blickte ihn zum ersten Mal direkt an. In ihren Augen sah er ihren Schmerz.

»Ich kann das nicht, Ludwig. Nicht noch einmal.«

»Was kannst du nicht? Ich verstehe nicht.«

»Noch einmal jemanden verlieren. Das schaffe ich nicht.«

»Du hast niemanden verloren. Es geht mir blendend. Ich hatte nur einen Schwächeanfall. Das kann passieren, vor allem in unserem Alter. Ich hätte es ruhiger angehen lassen sollen. Ich verspreche dir, das wird in Zukunft nicht mehr vorkommen.«

»Darum geht es gar nicht.«

»Worum geht es dann, Luise?«

»Es war wie damals. Wie bei Hubert. Genau so.«

»Aber es geht mir gut, Luise. Es ist nichts passiert.«

»Trotzdem. Mir ist klargeworden, dass ich das nie wieder erleben möchte. Ich schaffe das nicht. Nicht ein zweites Mal. Mein Leben ist gut, wie es ist. Ich muss nichts daran ändern.«

»Ein Leben, in dem dir nichts passieren kann? Nichts Schlechtes und auch nichts Gutes? In dem du dich von der Welt zurückziehst? Ist das ein gutes Leben?«

Sie schüttelte den Kopf. Offenbar wollte sie sich auf keine Diskussion einlassen. Ludwig bekam es nun plötzlich mit der Angst zu tun. Es fühlte sich plötzlich so an, als seien sie am Ende angelangt.

»Wenn du Weihnachten in Frankfurt sein möchtest, ist das kein Problem«, sagte er schnell. »Wir telefonieren einfach. Vielleicht kann ich dich besuchen kommen. In ein paar Wochen habe ich alle Zeit der Welt.«

»Nein, Ludwig. Ich habe darüber nachgedacht. Ich möchte das nicht. Ich denke, es ist besser, wenn wir uns nicht wiedersehen.«

»Wann hast du darüber nachgedacht? In den letzten vier Stunden? Das ist nicht besonders viel Zeit für so eine Entscheidung.«

Sie fixierte einen Punkt auf dem Fußboden.

»Ich könnte es nicht noch einmal ertragen.«

»Was denn nicht? Dass ich sterbe?«

Sie nickte. Wischte sich eine Träne von der Wange.

Schwieg. Das alles duldete keinen Widerspruch. Ludwig wollte dennoch alles versuchen. Er musste kämpfen. Er konnte sie nicht einfach so gehen lassen.

»Du möchtest also lieber allein in deinem Haus in Frankfurt sitzen? Statt das Risiko einzugehen, noch einmal neu anzufangen?«

»Du verstehst mich nicht.«

»Ich glaube schon, dass ich dich verstehe. Du hast Angst. Angst, dass du noch einmal so einen Verlust erleidest wie damals mit Hubert. Das kann ich verstehen, wer könnte das nicht? Doch das darf dich nicht davon abhalten, dich dem Leben zu öffnen – dem Neuen und Schönen, was da noch sein kann, Luise.«

»Hör schon auf. Das sagt sich alles so leicht. Aber was … was ist, wenn du wirklich …?«

»Du meinst, wenn ich wirklich sterbe? Und dich allein lasse?«

Sie konnte ihm noch immer nicht in die Augen sehen. Aus dem Radio drang stetig leise süßliche Chormusik. *Es ist ein Ros entsprungen.*

»Ja, Luise. Das kann passieren. Vielleicht sterbe ich. Vielleicht stirbst auch du. Vielleicht verkrachen wir uns in ein paar Jahren und trennen uns. Es gibt so viele Ungewissheiten – aber das macht das Leben eben aus. Und vielleicht wird auch nichts davon passieren. Vielleicht werden wir glücklich. Ist es nicht etwas ganz Besonderes, dass wir uns begegnet sind? Etwas ganz Unwahrscheinliches? Wir wollten beide keinen neuen Partner mehr. Und jetzt das. Das ist doch ein Wunder. Packen wir das Glück, Luise, und halten es fest. Wäre es das nicht wert, trotz aller Ungewissheiten?«

Sie sagte nichts. Ludwig hatte keine Ahnung, ob er überhaupt zu ihr durchdrang oder nicht.

»Wir sind beide über sechzig, Luise. Sind wir nicht zu alt, um uns von unseren Ängsten von irgendetwas abhalten zu lassen? Wir müssen doch die Zeit nutzen, die wir haben, um unser Leben zu leben. Das ist unsere einzige Möglichkeit.«

Doch in ihrem Gesicht spiegelten sich nur Traurigkeit und Erschöpfung. Er verstand nun, dass seine Worte sie nicht erreichten. Sie wollte das nicht.

»Es tut mir leid, Ludwig. Leb wohl.«

Abrupt stand sie auf und floh aus dem Krankenzimmer. Er konnte sie nicht aufhalten. Im nächsten Moment war er allein im Zimmer.

Er sackte zurück ins Bett, spürte dem Schwindel und den Schmerzen in seinem Kopf nach. Im Radio sang der Chor nun *Stille Nacht*. Ludwig fühlte sich elend. Dieses Weihnachten würde ein sehr trauriges werden.

Kapitel neunzehn

Luise fühlte sich unendlich alt, als sie aus dem Krankenhausfoyer hinaus ins Freie trat. Der eisige Wind zerrte an ihrem Mantel und ließ ihn in der Luft flattern. Jede Faser in ihr schien ausgelaugt und müde. Sie wollte nur noch ins Auto und nach Hause fahren.

Es war aus. Aus und vorbei. Kein gemeinsames Weihnachten mit Ludwig. Kein Weihnachten in Lübeck. Es ging zurück nach Frankfurt. Sie hatte keine Wahl. Ihr war egal, was Ludwig sagte. Was sie heute erlebt hatte, wollte sie niemals wieder erleben. Sie wusste selbst am besten, was sie ertragen konnte und was nicht. Es war ihre Entscheidung.

Schneeregen fiel eisig auf sie nieder. Sie hielt das Gesicht dem Himmel entgegen, ließ sich die kalten Tropfen ins Gesicht regnen.

Auf dem Bürgersteig stöckelte ihr eine schlanke, elegante Frau unter einem Regenschirm entgegen. Luise erkannte sie sofort. Frau Wegner, die Maklerin. Eilig wandte sie sich ab. Doch im gleichen Moment erkannte Frau Wegner sie und strahlte sie mit einem falschen Lächeln an, bereit, mit Luise Small Talk zu machen und den Dissens ihrer letzten Begegnung zu überspielen. Sie war eben eine durch und durch professionelle Verkäuferin.

»Guten Tag«, sagte sie. »Sie sind also noch in Lübeck? Haben Sie ein Objekt für sich gefunden?«

»Ob ich ein Objekt gefunden habe?«, blaffte Luise sie an.

Frau Wegner blickte erschrocken auf, peinlich berührt von einem so unangemessenen Verhalten. Doch Luise ließ sich nicht aufhalten.

»Das braucht Sie gar nicht zu interessieren, ob ich etwas gefunden habe, denn niemals würde ich eine Immobilie bei so geldgierigen Raffern wie Ihnen kaufen!«

»Also, ich muss doch sehr bitten!«

Luise war nicht mehr zu bremsen. Ihr ganzes Unglück brach sich nun Bahn. Wenigstens einem wollte sie die Meinung sagen, und da kam ihr diese Maklerin gerade recht.

»Leute wie Sie sind es, die alles Authentische und Ursprüngliche kaputtmachen. Wenn nur die Rendite stimmt. Der Rest ist egal, Hauptsache Profit.«

»Ich weiß wirklich nicht, was Sie meinen. Ich muss jetzt leider weiter. Guten Tag noch.«

»Ich meine das Johannsens«, hielt Luise sie zurück. »Das nun verschwinden wird, weil Sie entdeckt haben, dass Sie damit Geld machen können. Ich habe mich in dieses Café verliebt, wissen Sie, vor neun Jahren, als ich es zum ersten Mal entdeckt habe. Es war für mich ein Sinnbild für all das, was diese Stadt so liebenswert macht. Der Besitzer kommt aus einer alten Zuckerbäckerfamilie – er pflegt die Tradition des alten Lübecker Handwerks. Doch das zählt für Sie alles nicht. Was Sie wollen, ist eine Kulisse für Reiche. Alte Häuser, enge Gassen, aber kein Leben mehr darin. Die Menschen vor die Tür setzen, alles entkernen und luxussanieren und dann die Häuser höchstbietend verkaufen. Damit hier eine Art Disneyland entsteht. Und wo sollen die Leute dann Kaffee trinken und Gebäck kaufen? Bei Starbucks? Weil sonst ohnehin keiner die Ladenmieten mehr zahlen kann? Ich bin ganz sicher: Sie werden eine gute Rendite machen, wenn Sie die Seele Ihrer Stadt verkaufen. Herzlichen Glückwunsch, man kann Ihnen nur gratulieren. Aber ach, mit wem rede ich! Sie verstehen ja ohnehin nur die Sprache des Geldes.«

Nach diesem Wutausbruch ließ Luise die Frau einfach stehen. Sie stürmte weiter zum Parkplatz, wo Jochen auf sie wartete. Luise erkannte sich selbst kaum wieder. Es war überhaupt nicht ihre Art, fremde Menschen anzugehen oder ihnen offen die Meinung zu sagen. Doch sie fühlte sich nun wesentlich besser, wenigstens für den Moment.

Jochen stand mit hochgezogenen Schultern neben dem Auto und rauchte eine Zigarette. Als er sie kommen sah, warf er die Zigarette in eine Pfütze. Er wirkte verlegen und schuldbewusst, wie er da stand und auf sie wartete. Luises Lust auf weitere Auseinandersetzungen war erloschen.

»Wir können los«, sagte sie matt.

»Wie geht es ihm?«

»Es war nur ein Schwächeanfall. Es ist nichts Ernstes.«

»Ein Glück.« Er hielt ihr die Beifahrertür auf. »Dann … brechen wir auf?«

»Ja, brechen wir auf.«

Sie verließen Lübeck im Schneeregen. Die Scheibenwischer flogen über die Windschutzscheibe, Regenläufer rannen an den Seitenfenstern herab, und im grauen Licht zogen schmutzige Landschaften vorüber. Schon waren sie auf der Autobahn, wo alles noch trostloser wurde. Luise schwieg. Die meiste Zeit starrte sie aus dem Fenster.

Jochen wirkte angespannt. Offenbar plagte ihn das schlechte Gewissen. Er hatte seiner Mutter in seiner Wut einiges an den Kopf geworfen, was ihm jetzt natürlich leidtat. Und trotzdem war da der Wunsch nach Bestätigung, der ihn nicht losließ.

Er lächelte versöhnlich. »Wie bist du überhaupt auf diese Schnapsidee gekommen? Dir Häuser anzusehen! Wo du doch in Frankfurt verwurzelt bist.«

Luise sagte nichts, starrte weiter aus dem Fenster.

»Hast du das wirklich ernsthaft in Erwägung gezogen?«

»Ich weiß nicht.«

»Aber ich meine … du hast hier oben doch niemanden. Eine kurze Zeit lang wäre das sicher schön. Aber dann kommt der Alltag. Und alle Menschen in deinem Leben sind weit entfernt in Frankfurt. Deine Backfreundinnen, deine Familie, Sophia … einfach alle.«

Er warf ihr einen Seitenblick zu, zögerte.

»Und was diesen Ludwig angeht …«

Luise schloss die Augen. Sie wollte nicht darüber

reden. Doch offenbar brauchte Jochen auch bei diesem Thema Bestätigung.

»Du kennst ihn doch gar nicht«, sagte er. »Mutter, so etwas muss in deinem Alter doch nicht sein.«

Ihr Sohn fand ihre Gefühle also unangemessen. Hatte kein Verständnis für die Bedürfnisse seiner Mutter, im Gegenteil, er fand es anstößig, wenn sich Luise nach Geborgenheit und Zweisamkeit sehnte. Was sollte sie dazu sagen? Sie schwieg.

»Oder täusche ich mich?«, sagte er.

»Es ist gut, Jochen. Vergessen wir alles.«

Ein Lkw jagte an ihnen vorbei und ließ krachend einen Regen von Spritzwasser auf sie niedergehen. Draußen wurde es nun noch dunkler. Die Scheibenwischer kämpften, der Motor dröhnte eintönig. Jochen fixierte die Straße.

»Ich freue mich, dass du vernünftig geworden bist«, sagte er. »Wir sind schließlich eine Familie.«

Kapitel zwanzig

Die Festtafel leuchtete im Schein der Weihnachtsbaumlichter. Zwischen Schüsseln, Platten und Saucieren brannten Kerzen, schimmerte der Weihnachtsschmuck, alles war festlich und glanzvoll. Sogar die Kinder hatten sich rausgeputzt. Luise ließ den Blick durch das Zimmer schweifen. Es sah aus wie in einem Werbeclip, beinahe kitschig: das Zusammensein einer glücklichen Familie am Weihnachtsabend. Wie hätte sie da jemandem ihre Einsamkeit erklären sollen?

»Noch ein Stück Ente, Luise?«, fragte Dagmar. »Oder etwas Rotkohl?«

»Ich kriege keinen Bissen mehr runter. Ich weiß nicht, wann ich das letzte Mal so viel gegessen habe. Oder so gut.«

Sie lächelte, wie sie es den ganzen Abend schon tat. Keiner sollte merken, wie es in ihrem Innern aussah. Zwei, drei Stunden noch, dann hätte sie es hinter sich gebracht, konnte nach Hause gehen und das Lächeln ausknipsen. So lange musste sie sich zusammenreißen.

»Es war wirklich köstlich, Dagmar, aber danke. Ich kann nicht mehr.«

»Dann stell ich die Ente in den Ofen. Damit sie nicht austrocknet.«

Dagmar erhob sich und ging in die Küche. Jochen lehnte sich mit einem zufriedenen Seufzer zurück und öffnete den obersten Hemdknopf. Er spielte mit der Zigarettenschachtel, machte jedoch keine Anstalten, nach draußen zu gehen. Offenbar wollte er seine Mutter nicht allein am Tisch zurücklassen.

Lukas und Marie wechselten vom Tisch zum Teppich vorm Sofa. Zwischen Bergen von Geschenkpapier befassten sie sich mit ihren Geschenken. Lukas hockte bald mit einem Stick in der Hand vorm Bildschirm und probierte sein neues Computerspiel aus.

»Da hast du heute jemanden glücklich gemacht«, sagte Jochen gutgelaunt. »Das Computerspiel ist extrem gut angekommen.«

»Es stand auf der Wunschliste. War nicht gerade einfallsreich, würde ich sagen.«

»Hey, Lukas!«, rief er. »Wie gefällt dir das Spiel?«

»Sooo cool!« Er strahlte übers ganze Gesicht. »Danke, Oma! Echt. Vielen Dank.« Damit wandte er sich wieder dem Bildschirm zu.

»Siehst du. Ich sage doch, du hast ihn glücklich gemacht.«

»Es regnet immer noch«, sagte Dagmar, die aus der Küche zurückkehrte. »Das war's wohl mit weißer Weihnacht. Es ist einfach zu warm.«

»Das kann sich heute Nacht noch ändern«, sagte Jochen. »Die Kaltfront kommt, der Regen soll in Schnee übergehen.«

»Möchtest du vielleicht hierbleiben, Luise? Ich

könnte dir das Gästebett im Wäschezimmer aufbauen.«

»Das ist lieb, aber ich würde gern bald nach Hause. Wenn du mich später fahren könntest, Jochen? Falls nicht …«

»Unsinn. Das mache ich gern.«

Besinnliche Musik lief im Hintergrund. Was Ludwig wohl gerade tat?

»Wir haben ein Geschenk für dich, Mutter.«

»Wie bitte? Aber …«

Sie hatten schon vor Jahren vereinbart, sich nichts mehr zu schenken. Um sich dem Stress und dem Konsumterror vor dem Fest wenigstens ein bisschen zu entziehen.

»Aber ich habe überhaupt nichts für euch.«

»Es ist ja auch nur …« Jochen strich sich verlegen übers Haar. »Weißt du, um dich ein bisschen aufzuheitern. Wegen dieser Sache … du weißt schon. Wir wollten dir einfach eine kleine Freude machen. Es ist nichts Besonderes.«

Dagmar reichte ihr einen schlichten weißen Umschlag.

»Siehst du«, meinte sie. »Es ist nicht einmal verpackt.«

Luise nahm ihn entgegen, während die beiden erwartungsvoll lächelten. Der Umschlag war zugeklebt. Sie nahm eine Gabel und riss ihn vorsichtig auf.

»Wo doch deine Lübeck-Reise ein bisschen verunglückt ist«, sagte Jochen. »Wir dachten, vielleicht solltest du häufiger mal Urlaub machen. Was sehen von der Welt. Beim nächsten Mal möchten wir dir bei der Verwirklichung deiner Wünsche nicht im Wege stehen.«

Es war ein Gutschein von einer großen Fluggesellschaft. Über mehrere Hundert Euro. Luise ließ die Karte sinken.

»Das ist doch viel zu viel! Ihr sollt euch nicht so in Unkosten stürzen«, protestierte sie.

»Wir wollen nur, dass du dir was gönnst. Ein bisschen unterwegs bist. Mal was anderes siehst.«

Jochen zog einen Katalog hervor und schlug ihn vor ihr auf. Es ging um Gruppenreisen für Senioren. Offenbar eine Kooperation der Fluggesellschaft mit einem Reiseveranstalter. Begleitete Reisen, bei denen ausdrücklich auch Alleinreisende willkommen waren. Luise blätterte flüchtig darin. Es handelte sich um altersgerechte Bildungsreisen nach Irland, St. Petersburg, Ägypten. So mussten sich Kinder vorkommen, die von ihren Eltern ins ungeliebte Ferienlager geschickt wurden, dachte Luise. Sie fühlte sich plötzlich noch einsamer als zuvor. Sollte das ihre Zukunft sein? Wie hatten sie sich nur so missverstehen können? Darum war es ihr doch nie gegangen.

Sie bedankte sich artig, und Dagmar begann, den Tisch abzuräumen. Luise wollte ihr helfen, doch ihre Schwiegertochter schickte sie zurück ins Wohnzimmer. Sie sollte sich ausruhen und entspannen.

Jochen nahm seine Zigaretten, um vor die Tür zu gehen. Er zwinkerte Luise zu und verschwand. Sie wechselte aufs Sofa und sah Lukas eine Weile bei seinem Videospiel zu.

Marie, die sich gerade beim Szekler-Kuchen bedient

hatte, sprang zu Luise aufs Sofa und kuschelte sich an sie, wobei sie hemmungslos herumkrümelte.

»Marie! Pass ein bisschen auf.«

»Möchtest du auch ein Stück Szekler-Kuchen, Oma?«

Widerwillig ließ sich Luise mit dem Kuchen füttern, den Marie ihr kichernd hinhielt. Dann machte das Mädchen ein verschwörerisches Gesicht und vergewisserte sich, dass sie nicht belauscht wurden.

»Sag mal, Oma, stimmt es, dass du in Lübeck jemanden kennengelernt hast?« Bevor Luise etwas erwidern konnte, fügte sie hinzu: »Ich hab Mama und Papa belauscht. Die haben darüber gesprochen.«

Luise verschränkte die Arme. Sie wollte nicht darauf eingehen, doch dann konnte sie nicht anders: Sie musste lächeln.

»Oh, wie cool!«, jauchzte Marie. »Oma, das ist so cool!«

»Jetzt sei still. Das geht dich überhaupt nichts an.«

»Warst du richtig verknallt in ihn?«

Luise zögerte. An Ludwig zu denken war schön und traurig zugleich. War sie verknallt? Wieder musste sie lächeln.

»Ein bisschen. Ich glaube schon.«

»Aber wieso bist du dann wieder hier? Wolltest du nicht Weihnachten da oben bleiben?«

»Ach, weißt du, das ist kompliziert.«

»Wollte er nicht? Oder konnte er nicht?«

»Weder noch. Das ist auch nicht mehr wichtig.«

»Aber …« Ihre Augen weiteten sich. »Vielleicht, weil du seine heimliche Geliebte warst? Und er musste

Weihnachten mit seiner ahnungslosen Familie feiern?«

»Du hast viel Phantasie.«

Sie kicherte. »Sag schon, Oma.«

»Ich war keine heimliche Geliebte.«

»Aber wieso bist du dann hier?«

Erst wollte sie sagen, dass sie Weihnachten eben viel lieber mit ihnen verbringen wollte. Die Lüge wäre ihr ganz leicht über die Lippen gekommen. Doch dann überlegte sie es sich anders. Sie legte Marie die Hand auf die Wange.

»Ich hab mich ein bisschen in meinen Träumen verloren. Ich hab mich wieder jung gefühlt. Dabei habe ich vergessen, dass ich in Wirklichkeit viel zu alt für so etwas bin.«

»Du bist doch nicht zu alt. Verlieben kann man sich immer.«

»Frag mal deine Eltern.«

»Die haben doch keine Ahnung. Ich will mich auf jeden Fall noch verlieben können, wenn ich so alt bin wie du.«

Wenn es nur so einfach wäre. Was Marie noch nicht verstehen konnte, war, wie viel man mit sich herumschleppte, wenn man alt war, all die Erinnerungen, Ängste und schlechten Erfahrungen.

»Was ist er denn für einer? Wie sieht er aus?«

»Er ist sehr nett. Freundlich. Großherzig.« Luise lachte unterdrückt, was sich wie Schluckauf anhörte. »Und er hat ein unglaublich schönes Lächeln.«

»Oma, das klingt doch genau richtig!«

Ja, tat es. Luise war glücklich und traurig zugleich.

»Er ist ein bisschen füllig, aber das steht ihm wirklich gut. Außerdem hat er tolle Haare und einen schönen Bart, sehr gepflegt.«

»Wie der Weihnachtsmann?«

»Doch nicht wie der Weihnachtsmann! Was denkst du denn!«

Mit einem wissenden Lächeln fügte Marie hinzu: »Kiss me, Santa!«

Luise rief: »Du!«, und versetzte ihr einen Stoß mit dem Ellbogen. Dann fingen beide an zu kichern.

»Was habt ihr denn zu lachen?«, fragte Dagmar, die mit einem Geschirrtuch hinter ihnen aufgetaucht war. Marie setzte sofort ihr Pokergesicht auf.

»Nichts. Wir haben nur über Lukas Computerspiel gelacht.«

»Verstehe. Dann gehe ich mal wieder in die Küche.«

Marie zwinkerte ihrer Oma zu, und Luise verstand, dass es für sie die normalste Sache der Welt war, ihre Mutter anzulügen.

»Ich finde wirklich nicht, dass du zu alt bist«, fuhr Marie fort. »Vielleicht war es einfach nicht der Richtige?«

Doch. Das war er. Aber was spielte das noch für eine Rolle?

»Nein, vielleicht nicht«, sagte sie. »Wir werden es wohl nie erfahren.«

»Ist es wirklich vorbei?«

»Ja. Das ist es.«

Marie rückte näher an sie heran, kuschelte sich in ihre Armbeuge. Luise strich ihr zärtlich durchs Haar.

»Du wirst bestimmt noch jemanden finden, Oma.«

»Ja.« Luise glaubte jedoch nicht daran. »Vielleicht.«

»Ich würde dich jedenfalls immer besuchen kommen. Ganz egal, wo du einen Typen findest.«

»Das ist lieb von dir.«

»Nein, Oma. Das meine ich ernst. Ich würde dich besuchen kommen, egal wo du bist. Ich würde dich nicht alleinlassen.«

Arm in Arm betrachteten sie den Weihnachtsbaum. Luise fragte sich, ob Marie in zwanzig oder dreißig Jahren immer noch so urteilen würde, wenn ihre verwitwete Mutter sich einen neuen Partner suchte. Doch das spielte keine Rolle. Heute hatte dieses Mädchen ihr mehr Trost gegeben, als Luise es für möglich gehalten hatte. Sie hatte die Last der Einsamkeit ein wenig leichter werden lassen.

Vielleicht würde es ja von jetzt an besser werden, dachte Luise. Vielleicht würde die Traurigkeit jeden Tag ein bisschen weniger werden. Und irgendwann, eines Tages, wäre wieder alles wie vor dem Tag, an dem sie Ludwig kennengelernt hatte. Dann wäre sie eine ganz normale Witwe mit einem ganz normalen Leben. Und außer den Momenten in der Dämmerung vor Sonnenaufgang gäbe es nichts mehr, vor dem sie Angst zu haben bräuchte.

Kapitel einundzwanzig

Graues Zwielicht drang durch die Vorhänge herein. Luise hörte nur ihren eigenen Atem. Sie starrte zur Decke, rührte sich nicht. Es war längst Zeit, aufzustehen. Doch was wäre danach? Wofür sollte sie sich überwinden? Sie hatte nicht die Kraft, die es brauchte, die Decke zur Seite zu schlagen und sich zu erheben. Vielleicht ruhte sie sich einfach noch ein bisschen aus. Einen Moment noch, dann würde es sicher gehen.

Das war etwas, was sie nach Huberts Tod gelernt hatte, dass sie irgendwann aufstehen musste, egal wie schwer es schien. Dieses vermeintlich süße und tröstliche Versprechen, einfach bewegungslos im warmen Bett zu bleiben, war trügerisch, denn es führte nur noch tiefer in Dunkelheit und Trübsinn. Sie musste sich zwingen, aufzustehen, das Bett zu machen, sich anzuziehen. Es war der einzige Weg. Hart gegen sich selbst zu sein und weiterzumachen.

Also schlug sie mit einem Ruck die Decke zur Seite. Die eisige Luft ließ sie frösteln. Dennoch setzte sie sich auf, stieg in die Hausschuhe, nahm den Morgenmantel und zog die Vorhänge zur Seite.

Draußen war alles weiß. Es schneite kräftig, und Garten und Nachbargrundstücke waren unter einer dicken weißen Schicht verschwunden. Der Schnee lag schwer auf Tannenzweigen und kahlen Ästen. Dicke Flocken wirbelten durch die Luft, alles schien lautlos und friedlich.

Luise staunte. Nun gab es doch noch weiße Weihnachten. Sie blickte sich nach dem Foto von Hubert um, das für gewöhnlich auf seinem Nachttisch stand. Doch der Platz war leer. Das Foto war in ihrem Portemonnaie. Sie hatte es nach ihrer Ankunft aus Lübeck noch nicht an seinen Platz zurückgestellt. So konnte sie ihm nicht sagen, was draußen los war.

Sie sah wieder aus dem Fenster. Im Zwielicht der aufziehenden Dämmerung schlich ein Lieferwagen durch das Wohnviertel. Die Scheinwerfer suchten sich einen Weg durch den wirbelnden Schnee. Geräuschlos arbeitete sich der Wagen voran, bis er schließlich zu Luises Überraschung vor ihrer Haustür stehen blieb. Ein stämmiger, untersetzter Mann stieg aus, schob sich die Kapuze seiner Winterjacke über den Kopf und schob die Seitentür auf. Offensichtlich hatte er eine Lieferung für sie.

Luise war durcheinander. Sie hatte nichts bestellt, sie wartete auf keine Lieferung. Außerdem war heute der erste Weihnachtstag. Kein Mensch arbeitete an diesem Tag. Selbst die Bäckerei hatte geschlossen. Wer konnte das sein? Und was konnte er von ihr wollen?

Sie sah an sich herab. So konnte sie nicht zur Tür gehen. Das kam davon, wenn man nicht rechtzeitig aufstand. Sie hätte längst geduscht und angezogen sein müssen. Eilig wandte sie sich vom Fenster ab, schlüpfte in eine Hose und zog sich rasch einen Pullover über. Da klingelte es bereits unten an der Tür. Im Vorbeigehen huschte sie noch ins Bad, um sich das Haar notdürftig zu richten. Dann eilte sie zur Tür.

»Frohe Weihnachten«, sagte der Mann strahlend. Er hatte dunkle Augen, karamellfarbene Haut und einen Stoppelbart. »Ich habe ein Paket für Sie.«

»Liefern Sie denn am Weihnachtstag überhaupt aus? Ich dachte, heute haben alle frei.«

»Ich feiere kein Weihnachten. Es stört mich nicht, zu arbeiten. Aber machen Sie sich keine Sorgen. Ich fahre nicht für einen Paketdienst oder so. Ich bin von einer Privatperson beauftragt worden. Ich komme aus Lübeck.«

Aus Lübeck. Dann war es Ludwig, der ihr ein Geschenk schickte. Luise wusste nicht, ob sie sich freuen sollte. Wäre es ihr nicht lieber gewesen, mit Lübeck abschließen zu können? Keine Geschenke, keine Erinnerungen. Wäre das nicht das Beste?

Er reichte ihr eine Schachtel von der Größe einer kleinen Reisetasche, wünschte noch einmal ein frohes Fest und stapfte zu seinem Lieferwagen zurück. Luise betrachtete die Schachtel von allen Seiten. Sie war schwer, das Gewicht in ihr allerdings ungleich verteilt. Nachdenklich trug sie das Paket ins Wohnzimmer, stellte es auf den Tisch.

Skeptisch trat sie einen Schritt zurück. Sollte sie es überhaupt öffnen? Sie beschloss, in die Küche zu gehen und Kaffee zu machen. Während des Wasser aufkochte, blickte sie hinaus in den Garten. Es wurde langsam hell draußen, und während sich das zarte Licht der Dämmerung am trüben Himmel durchsetzte, versank vor ihrem Fenster alles im Schnee. Mit dem Kaffee in der Hand kehrte sie zurück ins Wohnzimmer. Die Schachtel stand immer noch mitten auf dem Tisch. Sie seufzte. Es hatte keinen Sinn. Also ging sie hinüber und öffnete sie. Obenauf lag ein Brief. Von Ludwig, wie vermutet.

> *Liebe Luise,*
> *ich hoffe, Du erlaubst mir, Dir ein kleines Geschenk zu machen. Ich bin so glücklich, Dir begegnet zu sein. Es war eine schöne Zeit, die ich nicht missen möchte. Vielleicht kannst Du die Tage in Lübeck ebenfalls in guter Erinnerung behalten. Das wäre alles, was ich mir wünschen würde.*
>
> *Frohe Weihnachten*
> *Ludwig*

Luise legte die Karte auf den Tisch. Dann schob sie vorsichtig das Füllpapier zur Seite. Als Erstes entdeckte sie eine Tüte mit Baumkuchen-Punschtörtchen. Das hätte sie sich denken können. Mit ihnen hatte alles angefangen, vor neun Jahren. Sie sahen köstlich aus. Beinahe warf sie ihr Vorhaben über Bord, sich nicht über das Paket zu freuen. Sie öffnete das Tütchen und roch daran. Die Törtchen dufteten köstlich. Nach Rum und Vanille und Schokolade. Ob es ihr je gelingen würde, die so perfekt hinzubekommen?

Sie stellte die Tüte zu der Karte und zog das restliche Füllpapier heraus. Eine antike blecherne Keksdose von der Größe eines Schuhkartons kam zum Vorschein. Darauf lag ein kleines, in Leder gebundenes Büchlein. Sie schlug die erste Seite auf. In Ludwigs Handschrift stand dort: *Rezepte für Luise*. Sie blätterte weiter. Da war die Backanleitung für die Baumkuchen-Punschtörtchen, mit sorgfältiger, gleichmäßiger Handschrift von ihm notiert. Es folgte der Braune Kuchen à la Theodor Storm, das Rezept für Kindjestüch, und so ging es immer weiter. Ein ganzes Heft, gefüllt mit Ludwigs Geheimrezepten. Sie spürte einen Kloß im Hals. Ein größeres Geschenk hätte er ihr nicht machen können.

In der Blechdose fand sie Zutaten, von denen Ludwig zu Recht annahm, dass Luise sie nicht vorrätig hatte: eine Flasche mit Rosenwasser, Pottasche, Marzipanrohmasse in der Qualität des Lübecker Marzipans, edle Gewürze aus Übersee, zuletzt eine lange silberne Patisseriezange.

Sie ließ sich auf den Stuhl sinken und betrachtete die Geschenke. Fast geriet ihr Entschluss, Lübeck für immer hinter sich zu lassen, ins Wanken. Doch sie war nicht leichtfertig von dort abgereist, rief sie sich in Erinnerung. Nie wieder wollte sie jemanden verlieren. Nie wieder durchmachen, was sie nach Huberts Tod durchgemacht hatte. Das hatte sie sich geschworen. Die Angst vor dem Verlust war zu groß.

Doch das darf dich nicht davon abhalten, dich dem Leben zu öffnen – dem Neuen und Schönen, was da noch sein kann, Luise. Das hatte Ludwig im Krankenhaus zu ihr gesagt. Wäre es das nicht wert, trotz aller Angst?

Sie sprang von ihrem Stuhl auf. Laut und deutlich sagte sie: »Nein.«

Danach ging sie nach oben, nahm eine Dusche, zog sich an und machte sich die Haare. Als sie wieder nach unten kam, hielt der Schneefall unvermindert an. Die Welt versank lautlos darunter.

Packen wir das Glück, Luise, und halten es fest.

Sie betrachtete hilflos die Karte, die Ludwig ihr geschrieben hatte. Vergiss nicht, wie du dich gefühlt hast, sagte sie sich. Als Ludwig von der Leiter gefallen ist. Sie stand auf, ging im Zimmer auf und ab, sah hinaus in die wirbelnden Schneeflocken, setzte sich wieder.

Die Einsamkeit machte sich langsam und schleichend wieder in ihrem Herzen breit. Nach einer Weile nahm sie Huberts Foto aus dem Portemonnaie und stellte es oben aufs Wohnzimmerregal, von wo er einen guten Blick auf den Raum und den Garten hatte. Seine Anwesenheit musste genügen. Sie wollte Ludwig hinter sich lassen. Hubert lächelte auf sie herab. Als würde er sich amüsieren über ihre Zerrissenheit.

»Du hast gut lachen«, sagte sie. »Aber ich … Was soll ich nur tun? Ich kann doch nicht zurück. Oder?«

Etwas Seltsames passierte. Es war plötzlich, als stünde er direkt hinter ihr. Sie drehte sich um.

»Hubert?«

Doch nichts. Sie war allein, natürlich. Was hatte sie auch gedacht? Doch das seltsame Gefühl blieb. Es schien sich sogar zu verstärken.

Sonderbar. Sie ging hinaus in den Flur, als würde sie dort eine Erklärung bekommen.

Hast du den Schlüssel in der Haustür stecken lassen, Lulu? Ich komme nicht rein.

Das war früher oft passiert, dass Luise den Schlüssel von innen im Schloss gelassen hatte und Hubert draußen klingeln musste. Er hatte dann immer Witze über ihre Vergesslichkeit gemacht.

Sie trat an die Tür, lauschte. Draußen jagten ganze Heerscharen von Schneeflocken durch die Luft. Die Fahrspuren des Lieferwagens waren längst wieder unter dem Neuschnee verschwunden. Alles wirkte unberührt. Der Schlüssel steckte von innen. Sie drehte ihn im Schloss und öffnete zaghaft die Tür. Kalter Wind wehte ihr entgegen, Flocken wirbelten ins Haus und schmolzen auf den Dielen.

»Hubert?«

Nichts. Natürlich nicht. Sie trat einen Schritt vor die Tür. Von den Nachbarn war nichts zu sehen. Die meisten schienen noch zu schlafen. Vereinzelt leuchtete Weihnachtsschmuck im Morgenlicht. Doch nirgendwo war eine Bewegung. Sie drehte sich zum Haus. Da sah sie es. Der Winterjasmin an ihrer Hauswand. Er stand in voller Blüte.

Luise spürte weder Kälte noch Wind. Der ganze Strauch leuchtete zitronengelb. Selbst an den vermeintlich verdorrten Zweigen explodierte die Blütenpracht. Schnee lag schwer auf den Zweigen, doch die Kraft der Blüten ließ sich nicht bändigen. Als wollte das pralle Leben den Winter einfach ignorieren.

Hubert? Da fiel ihr ein, dass gestern ein warmer Regentag gewesen war, der den Strauch sicherlich hatte sprießen lassen. Sie hob einen Zweig vorsichtig an, bestaunte ihn von allen Seiten, roch vorsichtig an den Blüten und fühlte sich nicht mehr so einsam wie zuvor.

Ein Luftzug ließ die Haustür gegen die Wand donnern. Irgendwo im Haus knallte es. Der Unterdruck warf schließlich die Wohnzimmertür zu. Luise trennte sich von dem Anblick des Winterjasmins und trat zurück ins Haus. Es hatte sich angehört, als ob irgendwo etwas zu Bruch gegangen war. Vorsichtig schloss sie die Haustür und sah im Wohnzimmer nach.

Ein Fenster stand offen. Der Vorhang flatterte im kalten Wind, einzelne Schneeflocken wirbelten herein. Offenbar hatte sie das Fenster nicht ordentlich geschlossen, und der Durchzug hatte es aufgedrückt.

Wie es aussah, war jedoch nichts kaputtgegangen. Der Windstoß hatte Ludwigs Karte vom Tisch gefegt. Auch die Broschüre der Fluggesellschaft, die Luise am Vorabend bekommen hatte, war auf den Boden gepustet worden. Die dünnen Seiten des Katalogs flatterten im Wind, legten sich mal hierhin, mal dorthin und tanzten wieder herum.

Sie drückte das Fenster fest zu, zog den Vorhang zurecht und prüfte, ob alles verschlossen war. Dann wandte sie sich zum Teppich, um Katalog und Brief aufzuheben. Als sie jedoch die aufgeschlagene Seite sah, hielt sie erschrocken inne.

Die Skyline von Hamburg war zu sehen. Auf einer Deutschlandkarte war der Flug von Frankfurt nach Hamburg eingezeichnet. Hamburg für Senioren. Der Michel, das Rathaus, die Elbphilharmonie. Unten auf der Seite war jedoch ein Kasten, in dem das Holstentor im weihnachtlichen Glanz zu sehen war. Die Überschrift lautete: *Machen Sie einen Tagesausflug nach Lübeck, der Weihnachtsstadt des Nordens. Vom Hamburger Flughafen nur ein Katzensprung.*

Sie sah erschrocken zu Hubert auf, dessen Foto immer noch oben auf dem Regal stand. Doch der lächelte nur spitzbübisch auf sie herab.

Kapitel zweiundzwanzig

Kaum war der rote Flitzer im Schneematsch schlitternd zum Stehen gekommen, tauchte schon ein Wachmann vom Sicherheitsdienst des Flughafens auf, der aufgeregt auf sie zulief.

»Sie dürfen hier nicht halten!«, rief er winkend. »Bitte, fahren Sie sofort weiter.«

Sophia schien ihn gar nicht zu bemerken. Sie war damit beschäftigt, Luises Reisetasche hektisch von der Rückbank zu zerren.

»Du musst dich beeilen, Luise. Wir sind zu spät.«

Doch Luise blickte bewegungslos zum Flughafeneingang.

»Bist du dir sicher, dass das eine gute Idee ist?«

»Natürlich. Es ist die beste Idee seit langem. Bekommst du etwa Muffensausen?«

»Nein«, sagte sie, wie um sich selbst Mut zu machen. »Ich fliege.«

Die Tasche schoss zwischen die Sitze hindurch und landete auf Sophias Schoß.

»Dann würde ich vorschlagen, du rennst. Sonst ist der Flieger weg.«

Der Wachmann, ein untersetzter Mittfünfziger mit Schnäuzer und Sonnenbrille, klopfte wütend gegen Sophias Seitenfenster.

»Fahren Sie weiter! Sofort. Hier ist absolutes Halteverbot.«

Sophia ließ verärgert das Fenster herunter. Noch ehe der Wachmann etwas sagen konnte, wütete sie schon drauflos.

»Anstatt hier ältere Damen anzufahren, sollten Sie sich besser um einen Notfall kümmern!«

»Sophia …«, ermahnte Luise, doch ihre Freundin ließ sich nicht beirren.

»Jawohl, wir haben hier einen Notfall! Diese Dame hier muss den nächsten Flieger nach Hamburg bekommen. Darum sollten Sie sich kümmern.«

»Nach Hamburg? Dann hätten Sie früher kommen sollen. Fahren Sie jetzt sofort …«

»Sie ist verliebt! Hören Sie? Es gibt einen Mann, der in Lübeck auf sie wartet. Die beiden sind verabredet. Um zehn Uhr vierzig, am Dom. Wenn sie dort nicht rechtzeitig auftaucht, verliert sie ihn vielleicht. Er glaubt nämlich, sie wird nicht kommen.«

»Das soll ein Notfall sein? Wenn Sie jetzt bitte …«

»Natürlich ist das ein Notfall. Sehen Sie uns an! Was glauben Sie, wie oft es passiert, dass man die Liebe seines Lebens findet. Einmal, vielleicht sogar zweimal? Was immer Sie denken, fragen Sie sich danach noch mal, wie oft das passiert, wenn man in unserem Alter ist. Wie wahrscheinlich es ist, dass man dann so etwas erlebt. Und jetzt sagen Sie noch, das sei kein Notfall. Wissen Sie, das ist das Problem mit euch jungen

Leuten. Ihr denkt immer, es gibt noch genügend Gelegenheiten im Leben. Doch die gibt es nicht. Schon gar nicht für uns.«

Der Wachmann, immerhin in den Fünfzigern, wirkte völlig verdattert. Doch Sophia achtete nicht mehr auf ihn.

»Jetzt steig aus. Beeil dich. Verdammt, Luise, du verpasst den Flug. Der nächste geht erst in einer Stunde.«

Luise atmete durch. Dann umfasste sie ihre Tasche und warf die Tür auf. Beinahe hätte sie im Schneematsch ihr Gleichgewicht verloren. Doch uniformierte Arme fingen sie auf. Es war der untersetzte Wachmann. Er lächelte sie an.

»Kommen Sie. Das schaffen wir schon.« Zu Sophia meinte er streng: »Und Sie fahren weiter, aber sofort.«

Sophia schenkte ihm ein Bühnenlächeln, trat aufs Gas und hupte. Der Wachmann führte Luise eilig zur Halle. Doch da begriff sie, dass auch er ihr nicht mehr helfen konnte. Sie war zu spät. Sie würde den nächsten Flug nehmen müssen. Und das hieß, dass sie es nicht mehr rechtzeitig zur Weihnachtsmesse im Dom schaffen würde. Sie war furchtbar enttäuscht. Wie gern hätte sie ihr Versprechen gehalten: Egal, was Heiligabend wäre, hatten sie und Ludwig vereinbart, am ersten Weihnachtstag würden sie gemeinsam zur Messe in den Dom gehen. Daraus würde nun nichts mehr werden.

Der Wachmann sprach leise in sein Handy. Dabei führte er Luise mit stählernem Griff durch die Halle. Als wäre sie eine Verbrecherin, die abgeführt wurde.

Sie wollte sich schon beschweren, doch da erkannte sie, dass er sie zu einem gerade noch geschlossenen Check-in-Schalter lotste. Eine junge Frau setzte sich vor den Computer und winkte ihnen zu.

»Letzter Aufruf Flug 517 nach Hamburg«, tönte es durch die Lautsprecher.

»Geben Sie mir schnell Ihre Unterlagen«, sagte die Frau hektisch. »Personalausweis, alles. Wir haben keine Zeit.«

Luise sah erstaunt zum Wachmann, doch der zeigte nur den erhobenen Daumen. Das Einchecken war schnell erledigt, er schleuste sie in Blitzgeschwindigkeit durch die Sicherheitskontrolle, und es ging weiter im Laufschritt zum Flugsteig.

»Seien Sie froh, dass sich bei dem Wetter alles verzögert«, sagte er. »Sonst hätten wir keine Chance mehr, den Flieger noch zu kriegen.«

In der Abflughalle war Luise fest überzeugt, dass sie einen blauen Fleck am Arm davontragen würde. Der Wachmann lockerte seinen Griff jedoch erst am Gate, wo ein junger Steward schon ungeduldig auf sie wartete.

»Es sind alle drin, wir haben Starterlaubnis«, rief er ihnen entgegen. »Schnell. Jetzt beeilen Sie sich doch.«

Luise wurde am Schalter wie ein alleinreisendes Kind übergeben. Jetzt war es der Steward, der sie im Laufschritt hinter sich herzog, während er die Reisetasche in der freien Hand hielt.

Noch ehe Luise so richtig begriff, was passierte, saß sie auch schon auf dem letzten freien Platz in einer überfüllten Maschine. Sie legte den Gurt an, und im gleichen Augenblick jagte das Flugzeug zitternd über die Startbahn. Es hob sich in die Höhe, wurde von einer Böe leicht zur Seite geworfen, stieg höher und höher und flog schließlich majestätisch in den Himmel.

Luise blickte aus dem Fenster. Unter ihr lag das tiefverschneite Frankfurt, Bankentürme im Flockenwirbel, dann die weiten Wiesen und Felder des Taunus, eingeschneite Wälder, kleine Dörfer im winterlichen Glanz, eine richtige Märchenwelt. Da tauchte die Maschine in den Dunst der Wolken, durch die sie hindurchjagten, um dann von einem Moment auf den anderen den blauen Himmel und die strahlende Sonne über sich zu haben und auf watteweichen Wolkengebilden zu schweben.

Eine junge Stewardess tauchte mit einem Sektglas auf.

»Sind Sie die Dame, die zu ihrem Date nach Lübeck muss?«

»Ja … Es tut mir leid, wenn ich irgendjemandem Unannehmlichkeiten bereitet habe. Ich wollte nur …«

Doch ehe sie von Sophia und dem Wachmann erzählen konnte, stellte ihr die Stewardess das Sektglas hin.

»Ist schon in Ordnung. Genießen Sie den Flug. In Hamburg sollten Sie sich allerdings ein Taxi nehmen. Mit dem Regionalzug werden Sie es nicht mehr pünktlich zum Dom schaffen. Die Autobahn ist aber frei, habe ich mir sagen lassen. Da war der Winterdienst gut aufgestellt. Und machen Sie sich keine Sorgen, wir landen ohne Verspätung in Hamburg.«

Dann war sie auch schon wieder verschwunden. Luise lehnte sich zurück, nippte von ihrem Sektglas und ließ sich die Sonne ins Gesicht scheinen. Sie blickte hinaus über die Wolken. Das Lächeln, das sich auf ihrem Gesicht ausbreitete, hielt an, bis der Landevorgang angekündigt wurde. Erst da kehrte ihre Unruhe zurück.

Auf dem Hamburger Flughafen kämpfte man ebenfalls mit starkem Schneefall. Es dauerte länger als geplant, bis der Bus sie zur Ankunftshalle gebracht hatte und Luise in ein Taxi steigen konnte.

Dem Fahrer, einem gelangweilten älteren Herrn mit langen Haaren, der eine verloschene Selbstgedrehte im Mundwinkel wippen ließ, erzählte sie ihre Geschichte nicht, auch wenn sie ihn um Eile bat. Sophia hätte das bestimmt getan, aber Luise blickte nur schweigend aus dem Fenster. Der Fahrer schien dennoch zu spüren, welche Rolle die Zeit für sie spielte. Er warf immer wieder einen Blick in den Rückspiegel und nuschelte dann an seiner Zigarettenkippe vorbei: »Soll ich schneller fahren?«

Trotzdem schien die Fahrt auf der Autobahn endlos zu dauern. Langsam lief Luise tatsächlich die Zeit davon. Als sie auf die A 20 bogen, war Ludwig sicher schon auf dem Weg zum Dom. Das Taxi verließ kurz vor Lübeck die Autobahn und jagte durch Gewerbegebiete. Sie fuhren diesmal nicht am Holstentor vorbei, sondern überquerten die Trave auf der Mühlenbrücke. Ein seltsames Gefühl, wieder die Altstadt auf der Traveinsel zu sehen. Fast fühlte es sich an, als käme sie nach Hause.

Als sie vor dem eingeschneiten Dom aus dem Taxi stieg, war sie bereits zehn Minuten zu spät. Die Fahrt kostete ein kleines Vermögen, doch der freundliche Steward hatte ihr erklärt, wie sie die Taxirechnung mit dem Gutschein verrechnen lassen konnte. Jochen brauchte nichts davon zu erfahren.

Sie warf die Wagentür zu und blickte zum Dom. Die backsteinernen Türme mit den schneebedeckten Dächern ragten vor ihr in den Himmel. Menschentrauben standen vor dem Eingang. Hieß das, der Gottesdienst hatte noch nicht begonnen? Luise eilte über den verschneiten Platz. Die Kirche schien überfüllt. Alle Bänke waren besetzt, hinten im Kirchenschiff standen die Menschen sogar. Die Orgel setzte bereits ein, was bedeutete, dass die Messe nun begann. Wie sollte sie Ludwig bloß finden? Sie konnte doch nicht während des Gottesdienstes durch die Reihen gehen und nach ihm Ausschau halten.

»Frau Aichmüller? Was machen Sie denn hier?«

Eva tauchte zwischen den Menschen auf. Schneeflocken hatten sich auf Haare und Mantelkragen gelegt. Sie sah Luise an wie eine Erscheinung.

»Ich denke, Sie sind in Frankfurt?«

»Das war ich auch. Ich habe nur … ich bin …«

Doch die junge Frau strahlte bereits übers ganze Gesicht.

»Onkel Ludwig ist schon in der Kirche«, beeilte sie sich zu sagen. »Er hält einen Platz für mich frei, vorn in der dritten Reihe. Gehen Sie ruhig. Sie können meinen Platz haben.«

Luise bekam Herzklopfen. Wie würde Ludwig auf

sie reagieren? Hatte er es sich vielleicht anders überlegt?

Sie wollte bereits in den Dom, als Eva sie zurückhielt.

»Ach, Frau Aichmüller. Was haben Sie eigentlich mit Frau Wegner gemacht? War das schwarze Magie? Oder wie haben Sie es geschafft, dass ausgerechnet die ihre Pläne ändert?«

»Ich weiß nicht, was Sie meinen.«

»Dann wissen Sie es gar nicht? Onkel Ludwig kann sein Café behalten. Es soll Teil des neuen Hotelkonzepts werden. Es war wohl sowieso ein Café an der Straßenseite des Hotels geplant, allerdings sollte da eine Kette rein. Frau Wegner will auf einmal doch ein traditionelles Café – und Ludwig soll bleiben. Die Miete wird nur moderat erhöht, und sein Laden wird beim Umbau nur teilweise neu gemacht werden müssen.«

»Das ist ja … unglaublich.«

»Das ist wirklich unglaublich. Vor allem, weil Frau Wegner gesagt hat, Sie waren es, die sie überzeugt hat. Wie immer Sie das hingekriegt haben, das müssen Sie uns mal in Ruhe erzählen. Aber jetzt gehen Sie in die Kirche.«

Die Türen wurden gerade geschlossen. Luise huschte schnell hinein. Die Orgel stimmte *O du fröhliche* an. Die Menschen standen auf und begannen zu singen. Sie eilte durch das Kirchenschiff zur dritten Reihe. Da stand er. Ludwig. Mit seinem Bart und den warmherzigen Augen. Er hatte ein feierliches Gesicht aufgesetzt und sang mit der Gemeinde das Weihnachtslied. Allerdings wirkte er dabei ein bisschen wehmütig. Irgendwie verloren.

Sie drückte sich Entschuldigungen murmelnd an den anderen Menschen vorbei zu dem freien Platz. Stellte sich neben Ludwig. Der wandte sich ihr zu in der Erwartung, seine Nichte zu sehen. Er stockte. Alles Traurige, das ihn umgeben hatte, verschwand augenblicklich. Er hatte es sich nicht anders überlegt. Kein bisschen. Sie rückten ganz nah aneinander. Ludwig nahm ihre Hand in die seine, und gemeinsam sangen sie mit der Gemeinde, wobei Ludwig mehrmals vor Rührung die Stimme wegblieb: *Welt ging verloren, Christ ist geboren. Freue, freue dich, o Christenheit.*

Rezepte

für Luise

Szekler-Kuchen

Für den Teig:

250 g Mehl
150 g Butter
70 g Zucker
6 Eigelb
½ Päckchen Backpulver

Für den Belag:

6 Eiweiß und 2 ganze Eier
320 g Zucker
320 g gemahlene Nüsse
Abgeriebene Schale von einer Zitrone
Schwarze-Johannisbeere-Marmelade

Sechs Eier trennen. Aus Mehl, Butter, 70 g Zucker, dem Eigelb und dem Backpulver einen Mürbeteig kneten. Den Teig im Kühlschrank ruhen lassen.

In der Zwischenzeit den Guss herstellen. Dazu werden 6 Eiweiß, zwei weitere Eier und der restliche Zucker hinzugefügt. Dann schaumig schlagen, bis die Masse hell und dick wird. Nach und nach gemahlene Nüsse und abgeriebene Zitronenschale unterheben.

Den Backofen auf 180 °C vorheizen. Anschließend den Mürbeteig fingerdick auf einem gefetteten Blech ausrollen. Auf den Teig die Schwarze-Johannisbeere-Marmelade streichen.

Zum Schluss den Guss auf der Marmelade verteilen und das Blech für 30 Minuten in den Ofen geben.

Den gebackenen Kuchen in kleine Rauten portionieren.

Kindjestüch

250 ml Wasser
320 g Zucker oder Kluntjes
50 g Butter
650 g Mehl
30 g Backpulver
20 ml Rosenwasser

Das Wasser mit dem Zucker bzw. den Kluntjes und der Butter aufkochen lassen und anschließend in den Kühlschrank stellen. Rosenwasser in die erkaltete Flüssigkeit geben. Nach und nach Mehl und Backpulver unterrühren, bis ein weicher Teig entsteht.

Den Teig im Kühlschrank durchkühlen lassen. Anschließend dünn ausrollen. Figuren ausstechen und bei 150 °C etwa 15 bis 20 Minuten backen.

Dekoriertes Kindjestüch ist eine echte Köstlichkeit, lässt sich aber ebenso gut als Schmuck für den Weihnachtsbaum verwenden.

Baumkuchen-Punschtörtchen

Für den Boden:

4 Eier
1 TL Vanilleextrakt
2 TL Rum
100 g Zucker
125 g Butter
40 g Mehl
125 ml Milch

Für die Füllung:

150 g Rumtopffrüchte
100 g Quittengelee
Saft einer Zitrone
70 g Zucker
3 Blatt Gelatine
300 g Marzipan
Dunkle Schokolade, mind. 70 % Kakaoanteil

Eier, Milch, Vanilleextrakt, Rum und Zucker in eine Schüssel geben und über Wasserdampf unter ständigem Rühren erwärmen. Anschließend mit dem Rührmixer zehn Minuten durchschlagen, bis die Masse weich und fluffig ist.

Zerlassene Butter in einer Pfanne anbräunen und unter die Masse rühren. Anschließend das Mehl mit Hilfe eines Siebs nach und nach in die Masse geben und vorsichtig unterheben, bis ein weicher Teig entsteht.

Den Ofen auf 250 °C vorheizen, eine Springform gut einfetten und evtl. mit Backpapier auslegen. Nun mit einer Kelle eine dünne Schicht Teig in der Form ausstreichen und sie für 5 Minuten in den Ofen geben.

Anschließend eine weitere Schicht Teig auf die nun goldbraune Schicht geben und erneut für fünf Minuten in den Ofen stellen. Dieser Vorgang wiederholt sich, bis der Baumkuchen fertig ist.

Gelatine in kaltem Wasser einweichen. Rumtopffrüchte leicht pürieren oder zerdrücken. Anschließend mit Zucker, Quittengelee und Zitronensaft vermengen. Etwa ein Drittel der Masse erwärmen und die ausgedrückte Gelatine darin auflösen. Zum restlichen Püree geben und mit Hilfe eines Tortenrings auf dem Baumkuchen verteilen. Im Kühlschrank auskühlen lassen.

Marzipan ausrollen und auf die Geleeschicht legen. Tortenring abnehmen und die Törtchen mit einem scharfen Messer in Würfel schneiden. Anschließend Schokolade im Wasserbad schmelzen lassen und Törtchen damit verzieren.

Mutzen

250 ml kalte Milch
50 g Schweineschmalz, geschmolzen
1 Ei
75 g Zucker
1 TL Vanilleextrakt (oder 1 frische Vanilleschote)
1 EL Zitronensaft
1/2 TL Salz
1 Packung Trockenhefe
500–550 g Weizenmehl

In einer Schüssel 500 g Mehl mit Salz und Trockenhefe vermischen. Beiseitestellen.

In einer großen Rührschüssel die kalte Milch mit geschmolzenem Schweineschmalz vermischen. Die Mischung sollte nur noch lauwarm sein. Dann Ei, Zucker, Vanilleextrakt (alternativ das Mark der Vanilleschote) und Zitronensaft hinzufügen und verrühren.

Die Mehlmischung hinzugeben und den Teig etwa 5 bis 7 Minuten mit dem Knethaken vermengen. Dabei noch so viel Mehl hinzufügen, bis der Teig weich ist, aber nicht mehr klebt. Den fertiggekneteten Teig abgedeckt an einem warmen Ort mindestens 30 Minuten ruhen lassen.

Den Teig auf eine bemehlte Arbeitsfläche legen und die Luft leicht herausdrücken. Dann etwa 1 cm dick ausrollen und in kleine Quadrate oder Rauten mit einer Kantenlänge von etwa 2 cm zerteilen.

Die Teigteilchen in etwa 170 °C heißem Fett in einem Topf oder in einer Fritteuse goldbraun ausbacken. Dabei ab und zu rühren bzw. wenden. Dann auf Küchenpapier abtropfen und abkühlen lassen. Mutzen nach Belieben mit Puderzucker bestäuben.

Brauner Kuchen

3 ½ Pfund dunkler Kuchensirup
500 g Teezucker
500 g Butter
1 kg Weizenmehl
12 g Nelkenpulver
16 g Zimt
6 g Kardamom
250 g süße Mandelblättchen
185 g Sukkade, sehr fein schneiden
60 g Pomeranzenschale
2 Bio-Zitronen
Pottasche und Hirschhornsalz

Dunklen Kuchensirup in einem Topf erhitzen und den Teezucker darin auflösen. Butter hinzugeben und in der heißen Sirup-Zucker-Masse schmelzen lassen. Abkühlen lassen.

In einer großen Schüssel das Weizenmehl mit Nelkenpulver, gemahlenem Zimt und gemahlenem Kardamom vermischen. Nach und nach die Mehlmischung in die Sirup-Zucker-Butter-Masse geben.

Die Mandelblättchen, die geschnittene Sukkade,

die geschnittene Pomeranzenschale und die Zitronenzesten hinzufügen. Jeweils 10 g Pottasche und Hirschhornsalz in 100 ml warmem Wasser auflösen und ebenfalls hinzufügen.

Den Teig portionsweise ausrollen, in rechteckige Stücke schneiden und auf dem eingefetteten Backblech 10 bis 15 Minuten bei 200 °C backen.

Schokoladen-Tartelettes

Für den Teig:

200 g Mehl
40 g Zucker
1 Päckchen Vanillezucker
1 TL Lebkuchengewürz
30 g gemahlene Haselnüsse
100 g weiche Butter
1 Ei

Für die Füllung:

200 g Backschokolade
20 cl Schlagsahne
80 ml Milch
1 Ei

Mehl, Zucker, Vanillezucker, Lebkuchengewürz, Haselnüsse und weiche Butter miteinander verrühren und mit den Händen kneten. Ei hinzufügen, wieder durchkneten und Teig zu einer Kugel formen. Etwa 30 bis 60 Minuten im Kühlschrank ruhen lassen.

Teig ausrollen und in einer Muffin-Backform oder in kleinen Tartelette-Formen auslegen. Die Böden mit einer Gabel einstechen und getrocknete Kichererbsen oder andere Hülsenfrüchte darauflegen (um das Aufgehen beim Backen zu verhindern). Dann im auf 180 °C (Ober/Unterhitze) vorgeheizten Backofen 15 Minuten blindbacken.

Schokolade in Sahne und Milch schmelzen lassen, dabei ständig rühren. Kurz abkühlen lassen. Dann Ei hinzufügen und wieder rühren. Die Füllung auf den vorgebackenen Teig gießen und alles 10 Minuten bei 180 °C (Ober-/Unterhitze) backen.

Für die perfekte Konsistenz nach dem Abkühlen ein paar Stunden in den Kühlschrank stellen. Anschließend nach Belieben z. B. mit Kokos oder Früchten dekorieren.

Anmerkung des Autors

Ich muss gestehen, dass ich alles andere als ein Könner beim Backen bin, doch schon immer hat mich diese kulinarische Kunst fasziniert, dieser geheimnisvolle Prozess, bei dem man am Anfang alles richtig machen muss, damit am Ende nicht alles schiefgeht, und ich bin voller Respekt vor all jenen Menschen, die dieses großartige Handwerk beherrschen. Insofern sind auch die meisten Rezepte dieses Romans nicht meine eigenen Kreationen. Ich habe sie bei den wahren Meistern ihres Fachs aufgeschnappt, wie es etwa meine Schwester und meine Mutter sind, oder bei einem guten Freund, der das Backen und Kochen zu seinem Beruf gemacht hat. Sie haben an der Geschichte von Ludwig und Luise regen Anteil genommen, und mit Hilfe ihrer Ideen wie auch in so großartigen Foren und Back-Blogs wie kaffeeundcupcakes.de, zuckerstueck.at oder facebook.com/Madame Morgane/ habe ich Ludwigs und Luises Weihnachtsrezepte entdeckt.

Lediglich die Baumkuchen-Punschtörtchen habe ich mir selbst ausgedacht. Beim wochenlangen Probebacken für den Roman entstand die Idee für diese besondere Marzipanspezialität, die wie geschaffen schien für Ludwigs Café. Ich habe meinen gesamten Freundeskreis damit zur Weihnachtszeit gefüttert, und ich bin sehr stolz, sagen zu können: Es hat sich keiner beschwert.

LESEPROBE

KAPITEL EINS

Es war kein Tag wie jeder andere, dennoch begann ihn Willem so. Er stand früh auf, stieg in seine Arbeitskleidung, aß eine Banane und stapfte quer über den Hof zum Melkstall. Es war eine dieser magischen Morgenstunden in Ostfriesland, um kurz vor fünf, wenn der Dunst noch über den saftgrünen Feldern hing, wenn die Luft klar und rein war und der weite Himmel still und wie eingefroren wirkte. Willem stand am Gatter und schaute. Die ersten Vögel erwachten, ein rosafarbener Streifen zog am Horizont herauf und kündigte einen weiteren strahlenden Sommertag an. Es war kaum zu glauben, dass dies sein letzter Arbeitstag sein würde. Doch heute war es so weit. Seine Kühe würden abgeholt werden, und zurück blieben nichts als leere Ställe.

Die Vorbereitungen liefen seit Wochen. Sein Hof war zu klein, um zu überleben. Außerdem gab es keinen Nachfolger. Willem musste froh sein, es überhaupt bis zur Rente geschafft zu haben. Er war ja nicht der Einzige, dem es so erging. Überall in der Gegend ging den kleinen Betrieben die Luft aus. Trotzdem. Ihn traf das Endgültige der Situation. Willem war der letzte Bauer in seiner Familie. Nach den vielen Generationen, die auf dem Hof gelebt und gelärmt und gearbeitet hatten, wäre mit ihm Schluss. Das war nicht leicht zu verdauen.

Seine ehrwürdigen Damen trotteten an diesem Morgen in alter Gewohnheit vor ihm her in den Melkstall. Alles war vertraut, alles wie immer. Nur die gute Aggi, die trotz ihres Alters immer noch viel Milch gab und deshalb glücklicherweise zusammen mit dem Rest der Herde verkauft werden konnte, spürte offenbar die Veränderung. Sie war anhänglich an diesem Morgen. Nach dem Melken wollte sie nicht von seiner Seite weichen, im Laufstall hielt sie ständig nach ihm Ausschau, und als Willem das Heu aus der Futtertenne fegte, streckte sie den Kopf durch das Gitter und stupste ihn mit ihrer feuchten Nase an.

Zu Aggi hatte er eine besondere Verbindung – seit einer Winternacht vor zwei Jahren, als es bei der Geburt ihres Kalbes unerwartet Komplikationen gab, der Tierarzt wegen eines Schneesturms nicht kommen konnte und Willem die ganze Nacht an Aggis Seite im Stall verbracht hatte, bis am Ende das Kalb doch noch herauskam und alle Beteiligten wie durch ein Wunder überlebten. Sie hatte nicht vergessen, dass er ihr beigestanden hatte.

»Es wird schon werden, Aggi«, sagte er und klopfte ihr aufs Fell. »Alles wird sich fügen.«

Mit Tieren war es einfach auszukommen. Sie verstanden, wie man fühlte. Was man tief drin für ein Wesen war. Sie nahmen auf eine Weise Verbindung auf, die einzigartig war. Schwierig war es nur mit Menschen. Da wurde schnell alles kompliziert. Es gab Missverständnisse und Streitereien, und keiner sah mehr auf das Wesentliche, auf das, was eine Person im Kern ausmachte. Ob sie es gut meinte, ob sie Liebe für einen empfand. Das jedenfalls waren die Erfahrungen, die Willem in seinem Leben gemacht hatte.

Als die Morgensonne blutrot über den weiten Feldern stand und die Tiere versorgt waren, wischte er sich den Schweiß von der Stirn, kehrte ins Haus zurück und bereitete das Frühstück vor. Er kochte Kaffee, briet sich ein Spiegelei und setzte sich an das Ende des Küchentischs, von dem aus er den Kuhstall sehen konnte. Solange sie noch da waren, wollte er die Tiere im Blick behalten.

Spiegeleier. Die gehörten zu den wenigen Gerichten, die er selbst zubereiten konnte. Emmi Terhöven, eine Bauersfrau aus der Nachbarschaft, war nach dem Tod seiner Frau da gewesen, um ihm ein bisschen unter die Arme zu greifen. Sie war vierzehn Jahre älter als Willem, in ihrer Familie die Älteste von fünf Kindern und hatte ihn schon als Dreikäsehoch zusammen mit anderen Kindern aus der Gegend betreut. Nach dem Tod seiner Frau hatte sie ihn bei einem Überraschungsbesuch dabei erwischt, wie er versucht hatte, sich ein Spiegelei zu braten. Zugegeben, eine ziemliche Katastrophe war das gewesen. Unten angebrannt, oben glibberig, und als er es aus der Pfanne auf den Teller hieven wollte, war das Eigelb aufgeplatzt und hatte eine Spur vom Pfannenrand über die Anrichte bis zu seinem Teller hinterlassen.

»So kannst du das nicht machen, Willem«, schimpfte sie, als wäre er immer noch der kleine Junge, auf den sie aufpassen musste. Dabei waren beide längst grau auf dem Kopf, und Emmi war schon im Rentenalter. »Die Pfanne ist zu heiß. Und außerdem: Spiegelei. Das mit dem Wenden ist doch viel zu kompliziert.« Sie sah ihn kopfschüttelnd an, dann machte sie sich hemdsärmelig in der Küche zu schaffen und bestimmte: »Wir fangen mal mit Rührei an. Da kommen die Eier in die Schüssel. Ein Schluck Milch dazu und umrühren. Immer rühren. Siehst du? Butter in die Pfanne, Eier rein und rühren. Da kann nichts passieren, Willem.«

Ohne dass er darum gebeten hatte und ohne ein weiteres Wort darüber zu verlieren, war Emmi in den folgenden Wochen regelmäßig aufgetaucht, um ihm das Kochen beizubringen. Nur das Nötigste, das er brauchte, um über die Runden zu kommen. Bratkartoffeln, Strammer Max, Wurzelgemüse.

»Morgens und abends kannst du dir Stullen machen. Aber mittags, Willem, da brauchst du was Warmes im Bauch.«

Auf die Jüngeren aufzupassen, das steckte eben in ihr drin. Gewisse Dinge änderten sich nie, egal, wie alt man wurde.

»Jetzt fehlt nur noch eins«, sagte sie zum Ende ihres Kochkurses. »Wir backen zusammen einen Kuchen. Dann sind wir fertig.«